La Felicidad Conyugal

Por

León Tolstói

PRIMERA PARTE

I

Estábamos de luto por mi madre, que había fallecido en otoño, y pasamos todo el invierno solas en la aldea, Katia, Sonia y yo.

Katia era una antigua amiga de la casa, una institutriz que nos había criado a todos, y de la que yo me acordaba y a la que quería desde que tengo memoria. Sonia era mi hermana menor. Pasamos un invierno triste y lúgubre en nuestra vieja casa de Pokróvskoe. El tiempo era frío, ventoso, y los montones de nieve eran más altos aún que las ventanas; estas casi siempre estaban congeladas y empañadas, y el invierno transcurrió sin que apenas fuéramos a ningún lado. Rara vez llegaba alguien a visitarnos; y quien llegaba no aumentaba ni la alegría ni el contento en nuestra casa. Todos tenían una expresión triste, todos hablaban en voz baja, como si temieran despertar a alguien, no reían, suspiraban y con frecuencia lloraban al mirarme y, sobre todo, al mirar a la pequeña Sonia con su vestidito negro. Era como si en casa aún se percibiera la muerte; la tristeza y el horror de la muerte flotaban en el aire. La habitación de mamá permanecía cerrada, y aunque a mí me daba mucho miedo, había algo que me empujaba a asomarme a esa alcoba gélida y vacía cuando pasaba frente a ella antes de irme a acostar.

Yo tenía entonces diecisiete años, y mamá, el año en que murió, había pensado que nos mudásemos a la ciudad para que hiciera yo mi debut en sociedad. La pérdida de mi madre era para mí una aflicción muy grande, pero debo confesar que gracias a esa aflicción también me sentía yo joven, bonita, como todo el mundo me decía, y tenía la sensación de estar desperdiciando un segundo invierno allí, en el aislamiento de la aldea. Antes de que terminara el invierno, esa sensación de tristeza ocasionada por la soledad, y también el simple hastío, crecieron hasta tal punto que ya no salía de mi cuarto, no abría el piano ni tomaba un libro en las manos. Cuando Katia intentaba convencerme de que me dedicara a una u otra cosa, le respondía: «No tengo ganas, no puedo», pero lo que sonaba en mi alma era: ¿para qué? ¿Para qué hacer algo si de forma tan gratuita se desaprovechaban mis mejores años? ¿Para qué? Y a ese para qué no había más respuesta que las lágrimas.

Me decían que había adelgazado y que estaba desmejorada, pero ni siquiera eso me importaba. ¿Para qué? ¿Para quién? Me parecía que mi vida estaba condenada a transcurrir en ese lugar solitario y apartado del mundo, en medio de una melancolía impotente de la que no tenía yo ni fuerzas ni ganas de salir. Hacia el final del invierno, Katia comenzó a temer por mí y decidió que me llevaría al extranjero costara lo que costase. Pero para eso haría falta dinero, y nosotros aún no sabíamos qué había quedado de mamá. Todos los días esperábamos al tutor, que debía venir y aclararnos el estado de nuestros asuntos.

En marzo llegó el tutor.

—¡Gracias a Dios! —me dijo Katia cuando yo, como una sombra, sin quehacer alguno, sin pensamiento alguno y sin deseo alguno deambulaba de un rincón al otro—, gracias a Dios que por fin ha llegado Serguéi Mijáilich. Ha mandado preguntar por nosotras y quiere venir a comer. Arréglate, Máshenka —añadió—, si no, ¿qué va a pensar de ti? Él os quería tanto a todas.

Serguéi Mijáilich era un vecino cercano, y un buen amigo de nuestro difunto padre, aunque mucho más joven que él. Además de que su llegada cambiaba nuestros planes y abría la posibilidad de dejar la aldea, yo desde muy niña me había acostumbrado a quererlo y a respetarlo, y Katia, en aconsejándome que me arreglara, adivinaba que, de entre todos nuestros conocidos, era frente a Serguéi Mijáilich frente a quien más me dolía presentarme bajo una luz desfavorable. Además de que yo, como todos en casa, empezando por Katia y Sonia, su ahijada, y terminando con el último de los cocheros, lo quería por costumbre, él tenía para mí un significado especial por algo que en una ocasión había dicho mamá estando yo presente. Había dicho que le gustaría para mí un marido como él. En ese momento me pareció sorprendente y hasta desagradable; el héroe que yo había imaginado era totalmente distinto. Era delicado, pálido, frágil y melancólico. Y Serguéi Mijáilich, que ya no estaba en su primera juventud, era alto, corpulento y, según creía yo entonces, siempre estaba alegre; sin embargo, aquellas palabras de mamá se me quedaron grabadas, y todavía hace seis años, cuando tenía yo once y él me hablaba de «tú», jugaba conmigo y me llamaba «niña-violeta», de vez en cuando me preguntaba, y no sin temor, qué haría si de pronto a él se le ocurriera casarse conmigo.

Serguéi Mijáilich llegó antes de la comida, a la que Katia había añadido un pastelillo de crema con salsa de espinacas. A través de la ventana lo vi aproximarse a la casa en un trineo pequeño, pero en cuanto dobló la esquina, volé a la sala con la intención de fingir que no había estado esperándolo. Sin embargo, cuando en la entrada se oyeron sus pisadas, su voz sonora y los pasos de Katia, no me pude contener y salí a recibirlo. Él, con la mano de Katia entre las suyas, hablaba en voz alta y sonreía. Al verme, se detuvo y durante un tiempo se quedó mirándome, sin saludar. Fue una situación incómoda para mí, y sentí que me ruborizaba.

—¡Ah! ¿Será posible que sea usted? —dijo él con su manera resuelta y sencilla, agitando los brazos y acercándose a mí—. ¡Cómo ha cambiado!

¡Cómo ha crecido! ¡Vaya violeta! No, ya no, ahora es usted toda una rosa.

Tomó mi mano con su mano grande y la apretó tan fuerte y tan cordialmente que casi me hizo daño. Pensé que me besaría la mano, y tuve la intención de inclinarme hacia él, pero él volvió a apretarla sin dejar de mirarme directamente a los ojos con esa su mirada llena de brío y jovialidad.

No lo había visto en seis años. Había cambiado mucho; había envejecido, estaba más moreno y se había dejado patillas, lo que no le favorecía en absoluto; pero conservaba su manera de ser sencilla, abierta, honesta, sus pronunciados rasgos faciales, sus inteligentes y brillantes ojos y su sonrisa cariñosa, como de niño.

Al cabo de cinco minutos dejó de ser un huésped y se volvió como de la familia para todos nosotros, incluso para los criados, que, según se desprendía de su oficiosidad, estaban especialmente contentos de que hubiese venido.

Se comportaba de manera muy distinta de la de los vecinos que nos habían visitado tras la muerte de mamá y que consideraban su deber guardar silencio o sollozar mientras estaban en casa; él, por el contrario, estuvo conversador, alegre, y no dijo ni una sola palabra a propósito de mamá, de modo que al principio esa indiferencia me resultó rara y hasta descortés por parte de una persona tan cercana. Pero luego entendí que no se trataba de indiferencia, sino de franqueza, y me sentí agradecida.

Por la tarde, Katia sirvió el té en la sala, en el lugar de siempre, como lo hacía en vida de mamá; Sonia y yo nos sentamos a su lado. El viejo Grigori le trajo la antigua pipa de papá que acababa de encontrar, y él, como antaño, se puso a pasear de un lado a otro de la habitación.

—¡Cuántos cambios terribles ha habido en esta casa! Nada más pensarlo... —dijo, deteniéndose un momento.

—Sí —asintió Katia con un suspiro y, cubriendo el samovar con la montera de tela, lo miró a punto de echarse a llorar.

—Usted, supongo, se acuerda de su padre —se dirigió a mí.

—Poco —respondí yo.

—¡Y qué bien se lo pasaría ahora con él! —pronunció en voz baja y pensativa mirando mi cabeza por encima de mis ojos—. ¡Yo quise mucho a su padre! —añadió en voz aún más baja, y tuve la impresión de que sus ojos brillaban más todavía.

—¡Y ahora Dios se la ha llevado a ella! —balbució Katia, y en ese momento dejó la servilleta encima de la tetera, sacó un pañuelo y rompió a llorar.

—Sí, ha habido cambios terribles en esta casa —repitió él, dándonos la espalda—. Sonia, enséñame tus juguetes —añadió al cabo de un momento, y se fue a la sala.

Con los ojos llenos de lágrimas miré a Katia cuando él salió.

—¡Es tan buen amigo!... —dijo ella.

Y en realidad, la compasión de este hombre ajeno y bondadoso hizo que me sintiera bien, reconfortada.

Desde la sala se oían los gritos de Sonia y el jaleo que él armaba con ella. Le mandé el té y oímos cómo se sentó al piano y con las manitas de Sonia se puso a aporrear las teclas.

—¡Maria Alexándrovna! —sonó su voz—. Venga, toque alguna cosa para nosotros.

Me resultó agradable que se dirigiera a mí de forma tan sencilla y amistosamente imperativa; me levanté y me acerqué a él.

—Toque esto —dijo abriendo la partitura de Beethoven en el adagio de la sonata Quasi una fantasia—. Vamos a ver cómo lo interpreta —añadió, y se retiró con su vaso a un rincón de la sala.

Por alguna razón sentí que frente a él no podía negarme y empezar con el preámbulo de que toco mal; me senté dócilmente al teclado y me puse a tocar, como podía, aunque temerosa de su juicio, consciente de que él no sólo era un entendido, sino un amante de la música. El adagio estaba en concordancia con el sentimiento que en mí habían suscitado los recuerdos traídos a la conversación durante el té, y lo toqué, creo, bastante bien. Pero el scherzo no me dejó terminarlo.

—No, esto no lo está tocando bien —dijo mientras se me acercaba—, déjelo. El primero, sin embargo, no estuvo mal. Tengo la impresión de que entiende usted la música.

Esta parca alabanza me causó un regocijo tan grande que incluso me ruboricé. Era para mí tan nuevo y tan agradable que él, amigo y par de mi padre, hablara conmigo seriamente, de tú a tú, y no ya como con una niña, como antes. Katia subió a acostar a Sonia, y nos quedamos los dos solos en la sala.

Me habló de mi padre, de cómo lo había conocido, de la vida tan alegre que habían llevado cuando yo aún estaba dedicada a los libros y a los juguetes; y por primera vez vi a mi padre, a través de sus relatos, como a un hombre sencillo y agradable, distinto de como hasta entonces lo había imaginado. También me preguntó qué me gustaba, qué leía, qué planes tenía, y me dio consejos. Ya no era para mí un bromista y un guasón que me hacía rabiar o inventaba juguetes para que me divirtiera; era un hombre serio, sencillo y cariñoso, por el que yo sentía cierto respeto y simpatía. Me encontraba bien con él, su compañía era agradable, pero al mismo tiempo, cuando conversaba con él, me sobrecogía una ligera inquietud. Me daba miedo cada una de mis palabras; tenía enormes ganas de merecer su amor, que ahora poseía sólo por el hecho de ser hija de mi padre.

Tras acostar a Sonia, Katia se reunió con nosotros y se quejó con él de mi apatía, de la que yo no había dicho ni una palabra.

—Así que lo más importante no me lo ha contado esta muchacha —dijo él sonriendo y meneando de manera reprobatoria su cabeza en dirección a mí.

—¡Y qué tenía que contarle! —repliqué—. Todo eso es muy aburrido y además pasará. —Y es que de verdad ahora me parecía que mi tristeza no sólo pasaría, sino que ya había pasado; más aún, que nunca había existido.

—No está bien no saber soportar la soledad —dijo—. Acaso usted... ¿señorita?

—Señorita, naturalmente —respondí riendo.

—No, no sólo señorita, una mala señorita que sólo se siente viva cuando la admiran, pero en cuanto se queda sola, se marchita y nada le hace gracia; todo para presumir, y nada para sí misma.

—Qué buena opinión tiene de mí —dije por decir alguna cosa.

—¡No! —balbució, y luego guardó silencio un momento—. No en vano se parece usted a su padre, tiene su mirada bondadosa y atenta, que de nuevo me ha seducido y me ha desconcertado dichosamente.

Sólo en ese momento me percaté de que detrás de la primera impresión de un rostro alegre se escondía una mirada que no podía ser sino suya, diáfana primero, pero después cada vez más atenta y un poco triste.

—Usted no debe y no puede estar triste —dijo—. Tiene usted la música, que entiende, los libros, los estudios... Tiene toda una vida por delante, para la que ahora justamente debe prepararse si no quiere lamentarlo después. Dentro de un año ya será tarde.

Solía hablar conmigo como un padre o un tío, y yo sentía que hacía continuos esfuerzos para ponerse a mi altura. Me dolía que me considerara inferior, pero me halagaba que se empeñara en ser distinto sólo por mí.

El resto de la tarde habló de diversos asuntos con Katia.

—Bueno, me despido, queridas amigas —dijo levantándose, acercándose a mí y tomándome de la mano.

—¿Cuándo volveremos a vernos? —preguntó Katia.

—En primavera —respondió él, con mi mano todavía entre las suyas—, ahora voy a Danílovka (nuestra otra aldea); voy a ver cómo están las cosas, a organizar lo que pueda, luego iré a Moscú por cuestiones personales, y en verano nos veremos.

—¿Por qué se va tanto tiempo? —pregunté con un desconsuelo terrible, y es que albergaba la esperanza de verlo todos los días; y de pronto sentí una aflicción muy grande y mucho miedo de que volviera a apoderarse de mí la tristeza. Seguramente eso fue lo que expresaron mis ojos y el tono de mi voz.

—Sí, estudie más, no ceda a la melancolía —dijo él, según me pareció entonces, con un tono de una sencillez un tanto fría—. Y en primavera la examinaré —añadió soltando mi mano y sin mirarme.

En la entrada, donde lo estábamos despidiendo, él se apresuró a ponerse el abrigo y una vez más me evitó con la mirada. «¡En vano lo intenta! —pensé yo—. ¿Pensará que me resulta muy agradable que me mire? Es un buen hombre, muy bueno…, pero nada más».

Sin embargo, esa noche Katia y yo tardamos mucho en conciliar el sueño y estuvimos conversando, no sobre él, no, sino sobre cómo pasaríamos el verano, y dónde y cómo viviríamos el invierno. Y la pregunta terrible, ¿para qué?, ya no apareció. Me parecía claro y sencillo que había que vivir para ser feliz, y creía que en el futuro habría mucha felicidad. Como si de pronto nuestra vieja y lúgubre casa de Pokróvskoe se hubiese llenado de vida y de luz.

II

Entretanto, llegó la primavera. Mi antigua tristeza quedó atrás y dio paso a una primaveral nostalgia soñadora, llena de esperanzas y de deseos incomprensibles. Aunque no vivía como a principios del invierno, sino que me dedicaba a Sonia, a la música y a la lectura, con frecuencia salía al jardín y larga, muy largamente, deambulaba sola por las calles arboladas o me sentaba en algún banco, sólo Dios sabe pensando en qué, deseando o esperando qué. A veces me quedaba la noche entera, sobre todo si había luna, sentada hasta el amanecer junto a la ventana de mi cuarto, y a veces, sólo en camisón y a escondidas de Katia, salía al jardín y corría sobre el rocío hasta llegar al estanque; una vez incluso me fui hasta el campo, y sola, de noche, rodeé el jardín.

Ahora me resulta difícil recordar y comprender esos sueños que entonces colmaban mi fantasía. Y cuando logro recordarlos, me cuesta creer que esos fueran mis sueños. Así de extraños y de alejados de la vida estaban.

A finales de mayo, tal y como había prometido, Serguéi Mijáilich volvió de su viaje.

La primera vez que vino llegó por la tarde, cuando definitivamente no lo esperábamos. Nos encontrábamos en la terraza y nos disponíamos a tomar el té. El jardín estaba inundado de verde, los ruiseñores hacían sus nidos entre las matas de los parterres, donde se quedarían hasta el día de San Pedro. Los rizados arbustos de las lilas, por aquí y por allá, parecían espolvoreados con algo blanco y violeta. Eran las flores, listas para brotar. El follaje del paseo de los abedules parecía absolutamente transparente con el sol del crepúsculo. En la terraza había una sombra fresca. El copioso rocío vespertino aún debía tenderse sobre la hierba. En el patio, detrás del jardín, se oyeron los últimos sonidos del día, el ruido de un rebaño guiado; Nikon el tontuelo pasó llevando un tonel por el sendero que hay frente a la terraza; el frío hilillo de agua de la regadera pintaba círculos negros sobre la tierra mullida, cerca de los tallos de las dalias y de los soportes. En la terraza, encima de un mantel blanco, brillaba y bullía el recientemente pulido samovar; había nata, rosquillas y galletas. Katia, con sus manos regordetas, como buena ama de casa, enjuagaba las tazas. Yo, sin esperar el té y hambrienta después del baño, comía pan con gruesas capas de nata fresca. Llevaba puesta una blusa de lino con mangas anchas, y una pañoleta cubría mis cabellos mojados. Katia fue la primera que lo atisbó, todavía desde la ventana.

—¡Ah! Serguéi Mijáilich —lo recibió—, justamente estábamos hablando de usted.

Yo me levanté con la intención de ir a cambiarme de ropa, pero me topé con él en el momento en que llegué a la puerta.

—¡Cuántas formalidades en la aldea! —dijo, mirando mi cabeza cubierta por la pañoleta y sonriendo—. No me dirá que se avergüenza delante de Grigori, y yo, verdaderamente, soy para usted como Grigori.

Pero justo entonces me pareció que me miraba de un modo muy distinto de como me miraba Grigori, y me sentí incómoda.

—Ahora vuelvo —dije, separándome de él.

—¿¡Qué tiene de malo!? —gritó en dirección a mí—. Parece una campesinita joven recién casada.

«Qué raro me ha mirado —pensé mientras me cambiaba rápidamente de ropa—. ¡Pero gracias a Dios que ha vuelto, estaremos más entretenidas!».

Y, tras verme en el espejo, bajé gozosa por la escalera y, sin ocultar que me daba prisa, entré sofocada en la terraza. Él estaba sentado a la mesa y le hablaba a Katia de nuestros asuntos. Me echó una mirada, sonrió, y siguió hablando. Nuestros asuntos, según dijo, iban maravillosamente bien. Sólo tendríamos que terminar de pasar el verano en la aldea, y luego podríamos marcharnos o a Petersburgo, para la educación de Sonia, o al extranjero.

—Si usted se fuera con nosotras al extranjero —sugirió Katia—, no estaríamos solas como en medio de un bosque.

—¡Ah! Con ustedes iría a dar la vuelta al mundo —dijo medio en guasa, medio en serio.

—Pues no se hable más —dije yo—, vámonos a dar la vuelta al mundo.

Él sonrió y meneó la cabeza.

—¿Y mamá?, ¿y mis asuntos? —preguntó—. Pero dejemos el tema, mejor cuéntenme cómo han pasado este tiempo. ¿No me dirá que de nuevo ha sucumbido a la tristeza?

Cuando le conté que durante su ausencia había estudiado y no me había aburrido, y Katia corroboró mis palabras, él me alabó, y tanto con sus palabras como con sus ojos me colmó de caricias, como a un niño, como si tuviera el derecho de hacerlo. Me pareció indispensable contarle con todo detalle y, especialmente, con toda franqueza las cosas buenas que había hecho, y reconocer, como en una confesión, todo aquello de lo que él podría estar descontento. La tarde era tan hermosa que cuando se llevaron el té nos quedamos en la terraza, y la conversación era tan entretenida para mí que no me di cuenta de cómo poco a poco se había ido apagando el rumor de la gente. Aquí y allá se dejaba sentir, cada vez con más fuerza, el aroma de las flores, un rocío abundante había cubierto la hierba, un ruiseñor gorjeó por ahí cerca, en una de las lilas, y luego, al oír nuestras voces, guardó silencio; el cielo estrellado parecía venírsenos encima.

Me di cuenta de que estaba anocheciendo sólo porque de pronto, por debajo del toldo de la terraza, entró volando silenciosamente un murciélago y se sacudió cerca de mi pañoleta blanca. Me pegué a la pared y estaba a punto de gritar cuando el murciélago, tan silencioso como antes, reapareció a gran velocidad por debajo del alero y se escondió en la penumbra del jardín.

—Cómo me gusta su Pokróvskoe —dijo él, interrumpiendo la conversación—. Me pasaría la vida entera sentado aquí en la terraza.

—No se hable más, siga sentado —dijo Katia.

—Sí, siga sentado… —susurró él—; la vida no se sienta.

—¿Por qué no se casa? —preguntó Katia—. Sería usted un marido extraordinario.

—Porque me gusta estar sentado —rio—. No, Katerina Kárlovna, usted y yo ya no estamos en edad de casamiento. Hace mucho tiempo que han dejado de verme como a un candidato al matrimonio. Yo también, hace mucho, lo di por perdido, y desde entonces me siento bien, la verdad.

Me pareció que decía esto de manera afectada pero seductora.

—¡Vaya! Treinta y seis años y da la vida por concluida —dijo Katia.

—¡Y cómo! —continuó él—. De lo único que tengo ganas es de estar sentado. Y para casarse hace falta algo más. Pregúntele a ella —añadió, señalándome con la cabeza—. Es a ellas a las que hay que casar. Y nosotros nos alegraremos por ellas.

En el tono de su voz había una tristeza velada y cierta tensión que no se me escapó. Guardó silencio un momento; ni Katia ni yo dijimos nada.

—Imagínese —continuó, cambiando de posición en la silla— que de pronto me casara, por un desafortunado acaso, con una muchachita de diecisiete años, digamos con Mash..., con Maria Alexándrovna. Es un magnífico ejemplo, estoy muy contento de que haya salido aquí..., es el mejor ejemplo.

Yo me reí y no entendía por qué o de qué estaba él tan contento y por qué había salido ahí...

—Dígame la verdad, con la mano en el corazón —dijo él dirigiéndose a mí en tono guasón—, ¿acaso no sería para usted una desgracia unir su vida a la de un hombre viejo que ya ha vivido, que sólo tiene ganas de estar sentado, mientras que usted sabe Dios qué quiere, qué le pasa por la cabeza?

Me sentí incómoda, guardé silencio sin saber qué contestar.

—No, no le estoy pidiendo su mano —dijo riendo—, pero dígame la verdad, cuando por las noches usted deambula por las avenidas arboladas no es con un marido como yo con quien sueña. Eso sería una desgracia para usted, ¿no es cierto?

—No sería ninguna desgracia... —atiné a decir.

—No obstante, no estaría bien —añadió él.

—No, pero puedo equivo...

Pero él me interrumpió de nuevo.

—Ya lo ve, y ella tiene toda la razón, y yo le estoy agradecido por su sinceridad y estoy contento de que esta conversación se haya producido entre nosotros. Pero eso no es todo, para mí sería la más grande de las desgracias —añadió.

—Qué extravagante es usted, y sigue siendo el mismo —dijo Katia, y salió de la terraza para ordenar que dispusieran la mesa para la cena.

Cuando Katia se fue, ambos guardamos silencio, y todo a nuestro alrededor guardaba también silencio. Sólo un ruiseñor inundaba el jardín, pero ya no como por las tardes, entrecortada e indecisamente, sino como por las noches, sin darse prisa, reposado; y otro ruiseñor, desde el fondo del barranco, por primera vez esa noche, le respondió a lo lejos. El que teníamos más cerca calló, como si por un momento prestara atención, y luego, con más brusquedad y más intensidad, rompió a cantar con un sonoro trino. Y en el nocturno mundo de los pájaros, ajeno al nuestro, sus voces sonaban con una serenidad monárquica. El jardinero se retiró a dormir al invernadero, las pisadas de sus gruesas botas resonaban por el camino cada vez más distantes. En la colina, alguien silbó dos veces muy penetrantemente, y luego todo quedó de nuevo en silencio. Una hoja vaciló apenas audiblemente, vibró el toldo y, oscilando en el aire, una fragancia aromática llegó hasta la terraza y se extendió por ella. Me resultaba incómodo callar después de lo que se había dicho, pero no sabía qué decir. Lo miré. Sus ojos brillantes se volvieron a mirarme en medio de la penumbra.

—¡Qué maravilloso es vivir! —dijo.

Yo suspiré, no sé por qué.

—¿Diga?

—¡Qué maravilloso es vivir! —repetí.

Y de nuevo guardamos silencio, y de nuevo me sentí incómoda. No podía dejar de pensar que lo había mortificado al mostrarme de acuerdo con él en que estaba viejo y quería consolarlo, pero no sabía cómo.

—Ya va siendo hora de despedirme —dijo levantándose—. Mamá me espera a cenar. Hoy casi no la he visto.

—Pero yo quería tocar para usted una nueva sonata —dije.

—Otro día —respondió fríamente, según me pareció—. Adiós.

La impresión de que lo había mortificado fue todavía más fuerte, y me dio pena. Katia y yo lo acompañamos hasta la escalinata y nos quedamos en el patio mirando el camino por el que desapareció. Cuando dejaron de oírse las pisadas de sus caballos, di una vuelta alrededor de la terraza y me puse de nuevo a mirar el jardín, y envuelta en la neblina empapada de rocío en la que se quedaban suspendidos los sonidos de la noche, pasé mucho tiempo aún viendo y escuchando todo lo que quería ver y escuchar.

Él volvió una segunda y una tercera vez, y la incomodidad que me había producido la extraña conversación que entre nosotros había tenido lugar desapareció definitivamente y no volvió a aparecer. Durante el verano solía venir a visitarnos dos o tres veces por semana, y yo me acostumbré a su presencia, de manera que cuando sus visitas se espaciaban, me sentía a disgusto en mi soledad, y me enfadaba con él, y me parecía que hacía mal abandonándome. Él se dirigía a mí como a un amigo joven y querido, me hacía preguntas, me incitaba a la sinceridad más cordial, me daba consejos, me alentaba, de vez en cuando me regañaba y hasta me daba órdenes. Pero pese a todos los esfuerzos que hacía por estar constantemente a mi nivel, yo percibía que más allá de todo lo que pudiese entender había un mundo ajeno al que él no consideraba prudente dejarme entrar, y eso, más que cualquier otra cosa, afianzaba en mí el respeto que me infundía y hacía que me sintiera atraída por él. Sabía por Katia y por los vecinos que, además de las preocupaciones por su anciana madre, con quien vivía, además de ocuparse de su hacienda y de nuestra tutoría, tenía algunos asuntos nobiliarios que le daban grandes disgustos; pero jamás pude averiguar a través suyo cuáles eran sus convicciones, sus planes, sus esperanzas… En cuanto llevaba la conversación hacia sus asuntos, fruncía el entrecejo de esa manera tan suya, como diciendo: «Basta, por favor, qué puede a usted interesarle todo esto», y cambiaba de tema. Al principio eso me ofendía, pero luego me acostumbré tanto que acabé por encontrar natural que siempre habláramos sólo de las cosas referentes a mí.

Otra cosa que al principio tampoco me gustaba, pero que luego por el contrario me resultó agradable, era su indiferencia absoluta, casi diría su desprecio por mi apariencia. Nunca, ni con una mirada, ni con una palabra me daba a entender que fuese yo bonita; al contrario, se fruncía y se reía cuando delante de él alguien decía que me encontraba bonita. Incluso le agradaba hallar defectos en mi apariencia y me hacía rabiar hablando de ellos. Los peinados y los vestidos de moda con los que Katia me acicalaba en fechas solemnes sólo provocaban que se mofara, lo que afligía a la buena de Katia y al principio también a mí me desconcertaba. Katia, que había decidido, según su buen saber y entender, que yo le gustaba, no lograba entender cómo podía desagradarle que la mujer que le gustaba se mostrara bajo la luz que más le favorecía. Yo no tardé en darme cuenta de lo que él necesitaba. Él quería creer que en mí no había coquetería. Y cuando lo entendí, no quedó en mí ni la sombra de la coquetería de los vestidos, de los peinados, de los ademanes; en su lugar apareció algo más claro que la luz del día: la coquetería de la sencillez en un momento en el que yo aún no podía ser sencilla. Sabía que él me amaba, y no me preguntaba si como a una niña o como a una mujer; pero apreciaba ese cariño y, como sentía que para él yo era la mejor jovencita del mundo, no deseaba sino que ese engaño siguiese vivo en él. Y, sin proponérmelo, lo engañaba. Pero, en engañándolo, también yo me volvía mejor. Sentía cuánto mejor y más digno era mostrar frente a él los mejores aspectos de mi alma, y no de mi cuerpo. Me parecía que él había estimado desde el primer momento mis cabellos, mis manos, mi cara, mis hábitos, fueran los que fueran, buenos o malos, y que los conocía hasta tal punto que, aparte del deseo de engaño, yo no podía añadir nada a mi apariencia. En cambio, él no conocía mi alma; y como la amaba, y como ella crecía y se desarrollaba, ahí era donde yo podía engañarlo, y lo engañaba. ¡Y qué fácil me resultó estar con él cuando entendí esto con claridad! Aquellos desasosiegos sin motivo, aquella falta de libertad de movimientos desaparecieron en mí definitivamente. Yo sentía que de frente, de perfil, sentada o de pie, él me veía; que me conocía íntegra, completa, con el cabello recogido o suelto, y a mí me parecía que estaba contento conmigo tal y como yo era. Creo que si él, en contra de sus costumbres, como hacen otros, de pronto me hubiese dicho que tenía un rostro hermoso, ni siquiera me habría alegrado. Pero, en cambio, qué placer y qué luz en el alma cuando después de alguna de mis palabras se me quedaba mirando y hablaba con esa voz conmovida a la que intentaba dar un tono guasón:

—Sí, sí, usted tiene algo. Es usted una buena muchacha, debo decírselo.

¿Y por qué recibía yo esas recompensas que llenaban mi corazón de orgullo y alegría? Porque comentaba que me producía ternura el amor del viejo Grigori por su nieta, o porque me había conmovido hasta el llanto un poema o una novela que había leído, o porque prefería Mozart a Schulhoff. Y era sorprendente, pensaba, con qué extraordinario olfato intuía yo entonces lo que era bueno y debía ser amado, pese a que en esa época definitivamente no sabía ni lo que era bueno ni lo que debía ser amado. La mayor parte de mis costumbres y de mis aficiones anteriores no le agradaban, y bastaba el movimiento de una de sus cejas, o una mirada, para que me diera cuenta de que no le gustaba lo que iba a decir; bastaba que pusiera esa expresión tan suya, doliente, un poco despreciativa, para que tuviera la impresión de haber dejado de amar lo que hasta entonces había amado. A veces, cuando apenas se disponía a darme algún consejo, ya creía saber lo que me diría. Me interrogaba mirándome a los ojos, y su mirada me arrancaba justamente el pensamiento que él quería. Todos mis pensamientos de entonces, todos mis sentimientos de entonces no eran míos; eran sus pensamientos y sus sentimientos que de pronto se habían hecho míos, habían pasado a formar parte de mi vida y la habían iluminado. De manera completamente imperceptible para mí comencé a mirarlo todo con unos ojos distintos: a Katia, a nuestros criados, a Sonia, a mí misma y, también, mis ocupaciones. Los libros que antes leía sólo para matar el tedio de pronto fueron para mí uno de los mayores placeres en la vida; y todo únicamente porque él y yo hablábamos de libros, los leíamos juntos, y era él quien me los proporcionaba. Antes, las lecciones de Sonia y el sentarme con ella a hacer los deberes eran para mí una obligación pesada que me esforzaba en cumplir única y exclusivamente porque era consciente de mi deber; ahora, como él se quedaba a las clases, ir viendo los progresos de Sonia se convirtió para mí en una alegría. Antes, aprender una pieza musical completa me parecía imposible; pero ahora, sabiendo que él me escucharía y, tal vez, me alabaría, era capaz de tocar hasta cuarenta veces seguidas un mismo pasaje, de modo que la pobre Katia acababa poniéndose algodón en los oídos antes de que yo me aburriera. Las mismas viejas sonatas ahora se fraseaban de una forma completamente distinta y se oían diferentes, mucho mejor. Hasta Katia, a la que yo conocía y quería, también cambió a mis ojos. Sólo ahora entendí que no estaba obligada a ser para nosotras la madre, amiga y esclava que era. Comprendí toda la abnegación y el sacrificio de esa criatura amante, comprendí todo lo que le debía; y la quise todavía más. Él me enseñó a ver a nuestra gente —a los campesinos, a los siervos, a las criadas— de una manera distinta de como los había visto hasta entonces. Resulta ridículo decirlo, pero hasta los diecisiete años viví entre aquella gente más ajena a ellos que a la gente a la que nunca había visto; ni una sola vez se me había ocurrido pensar que esas personas también tenían sus amores, sus anhelos y sus simpatías, como yo. Nuestro jardín, nuestros bosques, nuestros campos, que yo conocía desde hacía tanto tiempo, de pronto se volvieron para mí nuevos y preciosos. No en vano él decía que en la vida hay una felicidad indiscutible: vivir para el otro. A mí en ese entonces me parecía extraño, no lo entendía; pero ese convencimiento, amén de la idea misma, comenzó a visitar mi corazón. Él me descubrió todo un universo de alegrías en el presente, sin modificar nada en mi vida, sin añadir nada, salvo a sí mismo a cada una de mis impresiones. Lo que me rodeaba me había rodeado en silencio desde la infancia, pero bastó que él llegara para que todo lo que estaba a mi alrededor se soltara a hablar e irrumpiera en mi alma, colmándola de alegría.

Con frecuencia durante ese verano subía a mi habitación, me acostaba en la cama, y en vez de la antigua nostalgia primaveral por los anhelos y las esperanzas en el futuro, se apoderaba de mí la inquietud de la felicidad en el presente. No lograba conciliar el sueño, me levantaba, me sentaba en la cama de Katia y le decía que era absolutamente feliz, cosa que, ahora lo veo, no hacía ninguna falta que dijera, pues ella misma podía verlo. Ella me decía que tampoco necesitaba nada y que también era muy feliz, y me besaba. Y yo la creía, y me parecía tan indispensable, tan justo que todos fuesen felices. Pero Katia también era capaz de pensar en dormir e incluso se fingía enfadada; a veces me echaba de su cama y se quedaba dormida, y yo pasaba mucho tiempo todavía rememorando todo aquello que me hacía tan feliz. A veces me levantaba y volvía a rezar, y rezaba con mis palabras para agradecer a Dios esa felicidad que me había dado.

Y la habitación estaba en silencio; sólo se oía la respiración uniforme de Katia, que dormía, el tictac del reloj a su lado, y yo me daba la vuelta en la cama y susurraba algunas palabras o me persignaba y besaba la cruz que llevaba al cuello. Las puertas estaban cerradas, las contraventanas también;

alguna mosca o mosquito, vacilando, zumbaba en un mismo lugar. Y yo tenía ganas de no salir nunca de ese cuartito; no quería que llegara la mañana, no quería que se desvaneciera esa atmósfera espiritual que me rodeaba. Tenía la sensación de que mis sueños, mis pensamientos y mis plegarias eran seres vivos que ahí, en la oscuridad, vivían conmigo, revoloteaban alrededor de mi cama, se quedaban a mi lado. Y cada uno de mis pensamientos era un pensamiento suyo, y cada uno de mis sentimientos era un sentimiento suyo. Entonces yo no sabía que eso era el amor, pensaba que siempre podría ser así, que era un sentimiento que se daba porque sí.

III

Un día, durante la cosecha del trigo, Katia, Sonia y yo fuimos después de comer al jardín, a nuestro banco preferido, a la sombra de los tilos, sobre el barranco desde el que se abría la vista de los bosques y los campos. Hacía tres días que Serguéi Mijáilich no había venido a visitarnos, y ese día lo estábamos esperando, sobre todo porque nuestro intendente nos había dicho que había prometido ir al campo. Hacia las dos de la tarde lo vimos pasar a caballo rumbo al campo de centeno. Katia ordenó que trajeran melocotones y cerezas, que le gustaban a Serguéi Mijáilich, y, tras dirigirme una mirada y una sonrisa, se recostó en el banco y pareció quedarse dormida. Yo arranqué una rama curva y plana de un tilo con jugosas hojas y una corteza tan suculenta que me humedeció la mano y, abanicando a Katia con ella, seguí leyendo, interrumpiéndome constantemente para echar una mirada al camino del campo por donde él debía llegar. Sonia había construido, sobre las raíces del viejo tilo, un cenador para sus muñecas. El día era caluroso y no había viento; el ambiente era sofocante; las nubes eran cada vez más, y cada vez más negras, y desde la mañana amenazaba tormenta. Yo estaba inquieta, como siempre antes de una tormenta. Pero pasado el mediodía las nubes se fueron dispersando, el sol se asomó en el cielo limpio, y sólo allá, en un extremo, retumbaban los truenos. A través de un pesado nubarrón que aún se mantenía en el horizonte y se mezclaba con el polvo de los campos, de tanto en tanto se veía cómo los pálidos zigzagueos de los rayos alcanzaban la tierra. Estaba claro que la tormenta pasaría el mismo día, por lo menos en nuestra casa. Por los trozos del camino que se vislumbraban más allá del jardín, se arrastraban sin cesar las altas carretas chirriantes con las gavillas, a veces lentamente, y a veces con rapidez; carretones vacíos golpeteaban a su encuentro, las piernas temblequeaban y ondeaban las camisas. El denso polvo ni desaparecía ni descendía; permanecía detrás del cercado entre las frondas transparentes de los árboles del jardín. Más allá, en la era, se oían las mismas voces y el mismo rechinido de las ruedas, y las mismas gavillas amarillentas que se movían lentamente por delante del cercado volaban por los aires; crecían frente a mis ojos como casas ovaladas, se distinguían sus techos agudos, y las figuras de los campesinos hormigueaban entre ellos. Enfrente, en el polvoriento campo, también se movían las carretas y se veían los mismos haces amarillentos, y los ruidos de las carretas, el sonido de las voces y también las canciones llegaban de lejos hasta nosotros. A un lado quedaba cada vez más al descubierto el rastrojo con las crecidas franjas de ajenjo como linderos. Más a la derecha, abajo, por un desordenado campo mal segado, se veían los vistosos ropajes de las campesinas que, agachándose y agitando los brazos, recogían y ataban las gavillas, y el desordenado campo iba limpiándose, y las hermosas gavillas iban colocándose en él. Parecía que de pronto, frente a mis ojos, el verano se hubiese vuelto otoño. El polvo y el bochorno estaban por doquier, con excepción de nuestro rinconcito preferido del jardín. Desde todos lados, en medio del polvo y del bochorno, bajo el sol ardiente, hablaba, hacía ruido y se agitaba el pueblo trabajador.

¡Y Katia, acostada sobre nuestro fresco banco, roncaba tan dulcemente bajo su pañuelito de batista blanca; las cerezas, jugosas, lanzaban destellos tan oscuros desde el plato; nuestros vestidos estaban tan frescos y limpios; el agua en el jarro jugaba con una alegría tan pura al sol... y yo me sentía tan bien! «¿Qué hacer? —pensaba—. ¿Qué culpa tengo de ser feliz? Pero ¿cómo compartir mi felicidad? ¿Cómo y a quién darle mi ser entero y toda mi felicidad?...».

El sol comenzó a ponerse por detrás de lo alto del paseo de los abedules, el polvo ya se asentaba en el campo, la lejanía se vislumbraba más clara y más nítida bajo los rayos oblicuos del sol, los nubarrones habían desaparecido, en la era, por detrás de los árboles, se veían las cimas de tres nuevos almiares y los campesinos que bajaban; las carretas, acompañadas de sonoros gritos, pasaban aprisa, seguramente por última vez; las campesinas con los rastrillos al hombro y las cintas para las gavillas colgando de sus fajas cantaban a voz en cuello en su camino a casa, y Serguéi Mijáilich no llegaba, a pesar de que hacía mucho tiempo que lo había visto bajar el cerro. De pronto, por el paseo arbolado, por el lado que no lo esperaba, apareció su figura (había rodeado el barranco). Se quitó el sombrero y con un rostro alegre y resplandeciente se encaminó hacia mí a pasos rápidos. Al ver que Katia dormía, se mordió el labio, cerró los ojos y siguió de puntillas; me di cuenta de que se encontraba en ese estado de ánimo especial de alegría inmotivada que tanto me gustaba en él y que llamábamos «loco entusiasmo». Parecía un colegial que se hubiese escapado de las clases; todo su ser, de la cara a los pies, emanaba alegría, felicidad y viveza infantil.

—Buenas, joven violeta, ¿cómo le va? ¿Bien?... —dijo en voz baja, acercándose a mí y estrechándome la mano—. Yo me encuentro de maravilla —respondió a mi pregunta—. Hoy tengo trece años y ganas de jugar a los caballitos y encaramarme a los árboles.

—¿En pleno loco entusiasmo? —dije, mirando sus ojos sonrientes y sintiendo que ese loco entusiasmo se me contagiaba.

—Sí —respondió, guiñando un ojo y conteniendo una sonrisa—. Pero ¿tiene usted que darle a Katerina Kárlovna en la nariz?

Por haber estado mirándolo a él mientras seguía abanicando a Katia con una rama, no me había dado cuenta de que había barrido el pañuelo que le cubría la cara y ahora le acariciaba el rostro con las hojas. Me reí.

—Le apuesto a que nos dirá que no estaba dormida —dije en voz baja, como para no despertar a Katia; pero en realidad no era por eso: simplemente me resultaba muy placentero hablar con él en ese tono de voz.

Él movió los labios imitándome, como si yo hubiera hablado tan quedo que no se hubiese podido oír nada. Al ver el plato con las cerezas, lo tomó como a hurtadillas, fue hasta donde estaba Sonia debajo del tilo y se sentó en sus muñecas. Sonia al principio se enfadó, pero él hizo rápidamente las paces organizando un juego que consistía en ver quién de los dos se acababa primero las cerezas.

—Si quiere ordeno que traigan más —dije—, o vamos nosotros mismos por ellas.

Él cogió el plato, sentó en él a una muñeca, y fuimos los tres al cobertizo. Sonia, riendo, corría detrás de nosotros, tirándole del abrigo para que le devolviera sus muñecas. Él se las devolvió y se dirigió a mí muy seriamente.

—Cómo no va a ser usted una violeta —me dijo de nuevo en voz muy baja, aunque ya no temiéramos despertar a nadie—. Apenas me estaba acercando a usted después de tanto polvo, tanto calor, tantos afanes, cuando sentí un olor a violeta. Pero no a una violeta perfumada, sino, ¿sabe?, a esas primeras violetas, oscuras, las que todavía huelen a nieve derretida y a hierba de primavera.

—Y dígame, ¿va bien la explotación de sus tierras? —le pregunté para disimular la alegre confusión que me habían producido sus palabras.

—¡Espléndidamente! Esta gente es en todos lados excelente. Cuanto más los conoces, más los quieres.

—Sí —dije—, hoy, antes de que usted llegara, estuve mirando desde el jardín las labores, y de pronto me sentí avergonzada de que ellos estuviesen trabajando mientras yo me encuentro tan bien que…

—No coquetee con eso, querida —me interrumpió de pronto muy serio, pero mirándome a los ojos cariñosamente—. Eso es sagrado. Que Dios la libre de alardear de eso.

—Pero si se lo digo sólo a usted.

—Bueno, sí, ya lo sé. Mejor dígame, ¿qué tal las cerezas?

El cobertizo estaba cerrado y no había un solo jardinero (él los había dispersado a todos encargándoles distintos trabajos). Sonia corrió a buscar la llave, pero él, sin esperarla, se encaramó sobre una esquina, levantó la red y saltó al otro lado.

—¿Quiere? —oí su voz desde allí—. Deme el plato.

—No, quiero arrancarlas yo misma, voy por la llave —dije—. Sonia no la encontrará…

Pero en ese momento se me antojó ver qué hacía él allí dentro, cómo miraba, cómo se movía suponiendo que nadie lo estaba viendo. En realidad, lo que ocurría era que en ese entonces yo no quería perderlo de vista ni un segundo. De puntillas sobre las ortigas rodeé el cobertizo hasta el otro lado, donde era menos alto, y, subiéndome en un cubo vacío de manera que la pared me llegara por debajo del pecho, me incliné hacia el cobertizo. Eché una mirada al interior y vi los viejos y arqueados árboles con sus anchas hojas dentadas de las que colgaban, pesados y rectos, los negruzcos y jugosos frutos; luego, tras haber metido la cabeza en la malla, vi a Serguéi Mijáilich debajo de la rama nudosa de un viejo cerezo. Él seguramente pensaba que yo me había ido, que nadie lo veía. Se había quitado el sombrero y había cerrado los ojos; estaba sentado en los restos del viejo cerezo intentando hacer una bolita con un trozo de resina. De pronto alzó los hombros, abrió los ojos, dijo algo y sonrió. Esa palabra y esa sonrisa tenían tan poco que ver con él que me avergoncé de estarlo espiando. Me pareció que la palabra había sido «¡Masha!». «No puede ser», pensé. «¡Masha querida!», repitió en voz más baja y con mayor ternura. Pero yo ya había oído claramente esas dos palabras. El corazón me latió con tanta fuerza y una alegría tan inquietante, como prohibida, se apoderó de mí de tal manera que me aferré con las manos a la pared para no caerme y traicionarme. Él oyó mi movimiento, miró asustado y, de pronto, bajando los ojos, se ruborizó, se sonrojó como un niño. Quería decirme algo, pero no podía, y otra vez, y otra vez, y su cara estallaba. Sin embargo, sonrió al mirarme. Yo también sonreí. Todo su rostro resplandecía de alegría. Ya no era un hombre viejo que me mimaba y me reprendía; era un hombre igual a mí que me amaba y me temía y al que yo amaba y temía. No nos decíamos nada, sólo nos mirábamos. Pero de pronto él se frunció, la sonrisa y el brillo de sus ojos desaparecieron, y fríamente se dirigió de nuevo a mí como un padre, como si estuviésemos haciendo algo malo y él hubiese recobrado el sentido y me aconsejara que yo también lo recobrara.

—Hágame el favor de bajarse, se va usted a lastimar —dijo—. Y arréglese el pelo, mire nada más, pero ¿qué parece?

«¿Por qué finge? ¿Por qué quiere hacerme daño?», pensé con despecho. Y en ese momento tuve el deseo irresistible de volver a crear en él desconcierto y probar mi fuerza.

—No, quiero cortar las cerezas yo misma —dije, y, agarrándome de la rama más cercana, lancé las piernas por encima de la pared. No tuvo tiempo de detenerme cuando yo ya estaba en el suelo del cobertizo.

—¡Qué tonterías hace! —dijo, sonrojándose de nuevo y fingiendo enojo para tratar de ocultar su turbación—. Podría haberse lastimado. ¿Cómo va a salir de aquí?

Estaba más desconcertado que antes, pero ahora su desconcierto ya no me alegraba, sino que me asustaba. Se me contagió, me sonrojé, y, evitando su mirada y sin saber qué decir, comencé a arrancar cerezas que no tenía dónde poner. Me hacía reproches, me arrepentía, tenía miedo y me parecía que a sus ojos estaba acabada para siempre por haber hecho aquello. Ambos guardábamos silencio, y para ambos era difícil. Sonia, que llegó corriendo con la llave, nos sacó de esa penosa situación. Pasó mucho tiempo antes de que nos dijéramos algo el uno al otro; nos dirigíamos a Sonia. Cuando volvimos a donde estaba Katia, que aseguraba que no se había dormido y que lo había oído todo, yo me tranquilicé y él intentó encontrar de nuevo el tono protector, paternal, pero ya no lo consiguió y no me engañaba. Recordé vivamente la conversación que habíamos tenido hacía unos días.

Katia decía que para un hombre era más fácil amar y manifestar su amor que para una mujer.

—El hombre puede decir que ama, pero la mujer no —decía.

—Pues yo creo que el hombre tampoco, ni debe ni puede decir que ama —dijo.

—¿Por qué? —pregunté.

—Porque siempre será una mentira. ¿Qué clase de revelación es que el hombre ame? En cuanto lo dice es como si algo se cerrara, pum: ama. Como si en cuanto pronunciara esas palabras tuviese que ocurrir algo extraordinario, como si ciertas señales se dispararan desde mil y un cañones. Creo —continuó— que la gente que pronuncia con solemnidad las palabras «La amo», o bien se engaña o, peor aún, engaña a los demás.

—¿Y cómo se va a enterar la mujer de que la aman si no se lo dicen? —preguntó Katia.

—Pues eso no lo sé —respondió él—. Cada persona tiene sus propias palabras. Y si el sentimiento existe, ya encontrará la manera de expresarse. Cuando leo novelas, siempre me imagino qué cara de desconcierto tendría que tener el teniente Strelski o Alfredo al decir «Te amo, Eleonora» y pensar que de pronto ocurrirá algo extraordinario; pero no les ocurre nada, ni a él ni a ella. Todo sigue igual, los mismos ojos, la misma nariz, todo lo mismo.

En esa broma percibí entonces algo serio en relación conmigo, pero Katia no permitió que se tratara de manera superficial a los héroes de las novelas.

—Eternas paradojas —dijo—. Pero, a ver, dígame la verdad, ¿acaso usted nunca le ha dicho a ninguna mujer que la ama?

—Nunca lo he dicho ni nunca me he puesto sobre una sola rodilla —respondió riendo—; no lo he hecho ni lo haré.

«Es cierto, él no necesita decirme que me ama —pensé en ese momento, recordando vivamente nuestra conversación—. Me ama y yo lo sé. Y todos sus esfuerzos por parecer indiferente no han logrado convencerme de lo contrario».

Aquella tarde habló poco conmigo, pero en cada una de sus palabras dirigidas a Katia o a Sonia, en cada uno de sus movimientos y en su mirada yo veía amor y no dudaba de él. Sólo me dolía, y me apenaba, por él, que encontrara necesario ocultarse y fingirse frío, cuando todo estaba ya tan claro, cuando era tan sencillo y tan fácil ser prodigiosamente feliz. Pero a mí, el hecho de haber saltado al cobertizo donde él estaba me atormentaba como un crimen. Seguía pareciéndome que por eso dejaría de respetarme y que estaba enfadado conmigo.

Después del té me dirigí al piano, y él me siguió.

—Toque alguna cosa, hace tiempo que no la he escuchado —dijo, alcanzándome en la sala.

—Eso tenía ganas de hacer... ¡Serguéi Mijáilich! —dije de pronto mirándolo directamente a los ojos—. ¿No está enfadado conmigo?

—¿Por qué? —preguntó.

—Porque no lo obedecí después de la comida —dije yo, sonrojándome.

Él me entendió, movió la cabeza y sonrió. Su mirada decía que tendría que reprenderme, pero que no se sentía con fuerzas para hacerlo.

—No ha pasado nada, ¿volvemos a ser amigos? —pregunté yo, sentándome al piano.

—¡Faltaría más! —respondió.

En la sala grande del piso de arriba no había sino dos velas encima del piano; el resto se hallaba en la penumbra. Por las ventanas abiertas asomaba la luminosa noche de verano. Todo estaba en calma; sólo los pasos entrecortados de Katia crujían en la oscuridad de la sala, y el caballo de Serguéi Mijáilich, atado debajo de la ventana, bufaba y pisoteaba la bardana con sus cascos. Él estaba sentado a mi espalda, de modo que no podía yo verlo; pero por todos lados, en la penumbra de la habitación, en los sonidos, en mí misma, percibía su presencia. Cada una de sus miradas, cada uno de sus movimientos repercutía en mi corazón. Yo tocaba la sonata-fantasía de Mozart que él me había traído y que había aprendido estando con él y para él. La verdad es que no estaba pensando en lo que interpretaba, pero, creo, tocaba bien, y me parecía que a él le gustaba. Yo percibía el placer que él estaba experimentando y, aun sin verlo, sentía su mirada puesta en mí. De manera involuntaria y sin dejar de mover los dedos mecánicamente, me volví para verlo. Su cabeza se distinguía en el claro fondo de la noche. Estaba sentado con la barbilla apoyada en las manos y me miraba fijamente con sus ojos llenos de brillo. Sonreí al ver esa mirada y dejé de tocar. Él también sonrió y meneó la cabeza con aire reprobatorio señalando la partitura para que yo continuara. Cuando terminé, la luna había adquirido más brillo, se había elevado en el cielo tanto que en la habitación, además de la tenue luz de las velas, entraba por las ventanas una luz distinta, plateada, que se derramaba por el suelo. Katia opinó que aquello había estado muy mal, que me había detenido en el mejor pasaje, y que había tocado pésimamente; pero él, al contrario, dijo que jamás había tocado tan bien como esa noche, y comenzó su andar por las habitaciones. De la sala pasó al oscuro comedor para volver de nuevo a la sala, y siempre me miraba y sonreía. Yo también sonreía, incluso tenía ganas de reír, sin motivo, hasta tal punto estaba contenta por algo que apenas hacía un momento había tenido lugar. En cuanto él se perdió de vista detrás de la puerta, abracé a Katia, que estaba de pie junto a mí al lado del piano, y me puse a besarla en ese puntito que a mí tanto me gustaba, en su rollizo cuello debajo de la barbilla; en cuanto él volvía, yo ponía una cara que aparentaba ser seria y me obligaba a contener la risa.

—¿Qué le habrá ocurrido a Masha hace un momento? —le preguntó Katia.

Pero él no respondió y sólo se reía conmigo. Él sabía lo que me había ocurrido.

—¡Mire qué noche! —dijo desde el comedor frente a la puerta abierta del balcón que daba al jardín…

Nos acercamos. Verdaderamente era una noche como no volví a ver nunca más. La luna llena estaba sobre la casa detrás de nosotros, de manera que no se veía, y la mitad de la sombra del techo, los pilares y el toldo de la terraza yacían al sesgo en raccourci sobre el camino de tierra arenisca y el círculo del parterre. Todo lo demás estaba claro y bañado por la plata del rocío y la luz de la luna. El ancho camino de flores, en el que a un lado se extendían oblicuas las sombras de las dalias y de los soportes, luminoso y frío, lanzando destellos con sus guijas irregulares, se perdía en la niebla y en la lejanía. Detrás de los árboles se distinguía la clara techumbre del invernadero, y desde el fondo del barranco comenzaba a levantarse una niebla creciente. Algunos deshojados arbustos de lilas estaban iluminados hasta las ramas. Las flores humedecidas por el rocío se podían distinguir unas de otras. En las alamedas, la sombra y la luz se fundían de tal manera que estas no parecían hechas de árboles y camino, sino de casas transparentes que se balanceaban y vacilaban. A la derecha, a la sombra de la casa, todo era negro, indiferente y terrible. Pero, en cambio, la caprichosa y tupida cima de un álamo se destacaba, aún más luminosa, al emerger de esa penumbra que, por alguna razón, curiosamente se detenía ahí, cerca de la casa, en lo alto, en una luz brillante, y no salía volando, lejos, al cielo azul que se alejaba.

—Vayamos a dar un paseo —dije.

Katia estuvo de acuerdo, pero me pidió que me pusiera los chanclos.

—No hace falta, Katia —dije—. Serguéi Mijáilich me dará la mano.

Como si eso pudiera impedir que me mojara los pies. Pero en ese momento para los tres estaba claro y a nadie le pareció extraño. Él nunca me había dado la mano, pero ahora yo misma tomé la suya, y a él no le pareció extraño. Los tres salimos de la terraza. Este mundo, este cielo, este jardín, este aire, ahora eran distintos de los que yo conocía.

Cuando miraba de frente por la alameda por la que caminábamos, me parecía que no podríamos ir mucho más allá, que ahí terminaba el mundo de lo posible, que todo aquello quedaría para siempre aherrojado en su propia belleza. Pero seguíamos avanzando y la pared mágica de la belleza se abría y nos permitía la entrada; y allí también, al menos esa era la impresión que teníamos, estaban nuestro jardín, nuestros árboles, y aquellos senderos y hojas secas. Y era como si anduviéramos por los caminos y pisáramos los círculos de luz y de sombra, y las hojas secas crujieran bajo nuestros pies y una rama fresca me rozara la cara. Y todo esto no era sino él, que de manera uniforme y silenciosa iba a mi lado y, solícito, sostenía mi mano; y también era Katia, que, haciendo crujir las hojas, caminaba junto a nosotros. Y, seguramente, también era la luna en el cielo que nos alumbraba a través de las quietas ramas…

Pero con cada paso, detrás de nosotros y delante también, volvía a cerrarse la pared mágica y yo dejaba de creer que fuera posible seguir adelante, dejaba de creer en todo lo que estaba ocurriendo.

—¡Ah! ¡Una rana! —dijo Katia.

«¿Quién dice esto y para qué?», pensé. Pero luego caí en la cuenta de que era Katia, y que Katia tenía miedo a las ranas, y miré a nuestros pies. Una rana, pequeñita y saltarina, se quedó inmóvil frente a mí, y su sombra, tan pequeñita como ella, se dibujaba sobre el barro claro del sendero.

—¿A usted no le dan miedo? —preguntó él.

Lo miré. Faltaba un tilo en la alameda justo en el lugar por donde estábamos pasando y pude ver su rostro con claridad. Era tan bello y tan dichoso…

Él dijo: «¿A usted no le dan miedo?», y yo oí: «¡Te amo!, querida jovencita», «¡Te amo! ¡Te amo!», corroboraban su mirada y su mano… Y la luz, y las sombras, y el aire, todo decía lo mismo.

Rodeamos el jardín. Katia iba a nuestro lado dando pequeños pasitos y respirando con dificultad por la fatiga. Dijo que era hora de volver, y yo me entristecí, me entristecí por ella, pobrecilla. «¿Por qué no sentirá lo que sentimos nosotros? —pensé—. ¿Por qué no todos son jóvenes, por qué no todos son felices como esta noche y como él y yo?».

Volvimos a casa, pero él tardó mucho en marcharse, pese a que ya comenzaban a oírse los gallos, a que todos en casa dormían y a que su caballo resoplaba bajo la ventana y golpeaba los cascos contra la bardana cada vez con más frecuencia. Katia no nos recordaba que era tarde y nosotros conversábamos de las cosas más triviales. Así estuvimos, sin darnos cuenta, hasta pasadas las dos de la madrugada. Ya cantaban los gallos del alba y la aurora comenzaba a despuntar cuando él se fue. Se despidió, como de costumbre, y no dijo nada especial; pero yo sabía que a partir de ese día era mío y que ya no lo perdería. En cuanto me confesé a mí misma que lo amaba, se lo conté todo a Katia. Ella se puso contenta y conmovida de que se lo hubiese yo contado, pero la pobre se quedó dormida, ¡esa noche! Yo pasé un buen tiempo dando vueltas por la terraza, bajé al jardín y, rememorando cada palabra, cada movimiento, paseé por las alamedas por las que habíamos paseado juntos. No dormí en toda la noche y por primera vez en mi vida vi la salida del sol y el despuntar del alba. Y después nunca más volví a ver una noche ni una mañana así. «Pero ¿por qué no me dirá sencillamente que me ama? —pensaba—. ¿Por qué inventa no sé qué dificultades y dice que es viejo cuando todo es tan sencillo y tan hermoso? ¿Por qué pierde un tiempo precioso que, quizá, no vuelva jamás? Que me diga: te amo, que me diga con palabras: te amo. Que tome mi mano con su mano y oprima su cabeza contra ella y me diga: te amo. Que se ruborice y baje los ojos delante de mí, y entonces se lo diré todo. No, no se lo diré; lo abrazaré, me apretaré contra él y me echaré a llorar. Pero… ¿y si es un error y no me ama?», se me ocurrió de pronto.

Me asustó lo que sentí: no sé hasta dónde habría podido llevarme ese sentimiento; recordé su confusión y también la mía en el cobertizo cuando salté a donde él estaba, y volví a sentirme muy, muy afligida. Las lágrimas se derramaron de mis ojos; me puse a rezar. Y de pronto se me ocurrió una idea curiosa que me tranquilizaba y me daba esperanza. Decidí que a partir de ese momento guardaría el ayuno, comulgaría el día de mi cumpleaños y ese mismo día me convertiría en su novia.

¿Para qué? ¿Por qué? ¿Cómo debía ocurrir? Yo misma no lo sabía, pero a partir de ese momento creí que así sucedería y supe que así sería. Ya había amanecido y la gente comenzaba a levantarse cuando yo volví a mi habitación.

IV

Estábamos en el ayuno de la Asunción y, por lo tanto, mi propósito de guardar el ayuno a lo largo de todos esos días no extrañó a nadie.

Durante toda esa semana él no vino a visitarnos ni una sola vez y yo no sólo no me sorprendía, ni me inquietaba, ni me enojaba con él, sino que, por el contrario, estaba contenta de que no llegara porque lo esperaba para el día de mi cumpleaños. En el transcurso de esa semana, cada día me levantaba temprano y, mientras enganchaban los caballos, sola, paseando por el jardín, hacía memoria de los pecados que había cometido el día anterior y pensaba en lo que debería hacer para terminar contenta con mi día sin haber cometido ni un pecado. Entonces me parecía que era muy fácil no pecar. Me parecía que sólo había que hacer un pequeño esfuerzo. Nos traían los caballos. Katia y yo, o la niña y yo nos sentábamos en el coche y viajábamos las poco más de tres verstas que nos separaban de la iglesia. Al entrar en la iglesia cada vez me acordaba de que hay que rezar por todos, entrar «temeroso de Dios», y con ese sentimiento intentaba subir los dos escaloncitos cubiertos de hierba del atrio. En la iglesia, a esa hora, no había más de diez personas, campesinas y siervos, que guardaban el ayuno; intentaba responder a sus reverencias con una celosa humildad, y yo misma, lo que me parecía toda una hazaña, me llegaba hasta el cajón de las velas para pedir mis velas al anciano stárosta, un soldado, y las encendía. A través de las puertas centrales del iconostasio se podía ver la carpeta del altar que mamá había bordado; encima del iconostasio había dos ángeles de madera con estrellas, que a mí me parecían inmensos cuando era pequeña, y una palomita con un resplandor amarillo, que entonces me llamaba mucho la atención. Por detrás del coro se veía la deteriorada pila a la que tantas veces había llevado a bautizar a los hijos de nuestros sirvientes, y en la que yo misma había sido bautizada. El viejo sacerdote aparecía con su casulla, hecha con el paño mortuorio del ataúd de mi padre, y decía la liturgia con esa misma voz con la que, desde que tengo memoria, se habían oficiado las liturgias en nuestra casa: el bautizo de Sonia, el réquiem de papá, los funerales de mamá. Y la misma voz temblona del sacristán retumbaba en el coro, y aquella misma ancianita que recuerdo desde siempre en la iglesia, en todas las liturgias, encorvada de pie junto a la pared, miraba con ojos llorosos el icono en el coro, mientras rozaba con las puntas de los dedos de entrambas manos su pañuelo descolorido anudado debajo de la barbilla, y con su boca desdentada susurraba alguna cosa. Y todo esto ya no era curiosidad, ni me era cercano por algún recuerdo, no; ahora todo era grandioso y sagrado a mis ojos y me parecía lleno de un significado profundo. Oía con atención cada una de las palabras de la oración que se leía, intentaba responder a ella con el sentimiento y, si no la entendía, mentalmente le pedía a Dios que me iluminara o inventaba ahí mismo una plegaria para suplir la que no había entendido. Cuando se decían las oraciones del arrepentimiento, yo evocaba mi pasado, y ese cándido pasado infantil me parecía tan negro en comparación con el estado luminoso de mi alma, que lloraba y me horrorizaba de mí misma; pero al mismo tiempo sentía que todo me sería perdonado y que si tuviera más pecados, más dulce me resultaría el arrepentimiento. Cuando por fin el sacerdote decía «Que Dios os bendiga», me parecía sentir por un momento que se me transmitía una sensación física de bienestar. Como si una especie de luz y de calor hubiese penetrado de pronto en mi corazón. Terminada la liturgia, el padre salía a verme y me preguntaba si necesitábamos y cuándo necesitábamos que viniera a oficiar a casa las vísperas; pero yo le agradecía conmovida la atención que él, según me parecía, tenía conmigo, y le decía que yo misma iría a la iglesia, a pie o en calesa.

—¿Quiere hacer el esfuerzo? —preguntaba.

Yo no sabía qué responder para no pecar contra el orgullo.

Si Katia no estaba conmigo, después del servicio despachaba a los caballos y volvía a casa a pie, inclinándome con humildad frente a todas las personas con las que me encontraba e intentando hallar cualquier pretexto para prestar ayuda, dar algún consejo, sacrificarme en aras de alguien, ayudar a levantar el heno caído de una carreta, arrullar a algún niño, ceder el paso en el camino y acabar siempre enlodada. Una vez, por la tarde, oí que el intendente, cuando daba a Katia el informe, decía que Semión, un campesino, había ido a pedir una tabla para el ataúd de su hija y un rublo para el entierro y que él se lo había dado. «¿Acaso son tan pobres?», pregunté. «Muy, muy pobres, señorita, no tienen ni sal», respondió el intendente. Sentí que algo me oprimía el corazón, pero al mismo tiempo como que me alegré al oírlo. Le dije a Katia la mentira de que iría a dar un paseo, y subí a mi cuarto corriendo, saqué el dinero que tenía (era muy poco, pero era todo lo que tenía) y, santiguándome, atravesé sola la terraza y el jardín, y me dirigí a la aldea. La isba de Semión estaba en un extremo de la aldea y, sin que nadie me viera, me acerqué hasta la ventana, puse el dinero en el alféizar y toqué. Alguien salió de la isba haciendo rechinar la puerta y me llamó. Yo, temblando y sintiendo frío de miedo, como si fuera una delincuente, corrí a casa. Katia me preguntó dónde había estado, qué me ocurría. Pero yo ni siquiera entendí qué era lo que me preguntaba, y fui incapaz de responderle. Así de insignificante y mezquino me pareció de pronto todo. Me encerré en mi cuarto y durante mucho tiempo estuve caminando de un lado a otro; no estaba en condiciones de hacer ni de pensar en nada, y aún menos de darme cuenta de lo que sentía. Imaginaba la alegría de toda la familia, las palabras que utilizarían para nombrar a la persona que había dejado ahí el dinero, y me apenaba no habérselo dado yo misma. También pensaba en lo que diría Serguéi Mijáilich cuando se enterara de esa acción, y me alegraba el hecho de que nunca nadie supiera nada más. Y esa alegría estaba dentro de mí, y todos —incluida yo misma— se me figuraban tan malos, y me miraba a mí misma y a los demás con una dulzura tan grande que se me ocurrió la idea de la muerte como un sueño de felicidad. Sonreía y rezaba y lloraba, y en ese momento amaba a todos los seres de este mundo y a mí misma calurosa y apasionadamente. Entre liturgia y liturgia leía el Evangelio, y cada vez me resultaba más y más comprensible ese libro, más conmovedora y sencilla la historia de esa vida divina y más terribles e impenetrables las honduras de sentimiento y pensamiento que encontraba en su doctrina. Pero, en cambio, qué claro y sencillo me parecía todo cuando, recién leído ese libro, de nuevo miraba y pensaba en la vida que me rodeaba. Parecía tan difícil vivir mal y tan fácil amarlos a todos y ser amada… Todos eran tan buenos y tan dulces conmigo; hasta Sonia, a la que seguía dando clases, era completamente distinta; intentaba comprenderme, complacerme y no mortificarme. Todos eran conmigo tal y como yo era con ellos. Haciendo memoria de mis adversarios, a los que debía pedir perdón antes de confesarme, sólo recordé, fuera de nuestra casa, a una señorita, una vecina de la que me había burlado hacía un año delante de nuestros huéspedes, por lo que a partir de entonces había dejado de visitarnos. Le escribí una carta reconociendo mi falta y pidiéndole perdón. Me respondió con otra en la que ella misma me pedía perdón y me perdonaba. Lloré de alegría al leer esas sencillas líneas, que me parecieron llenas de un sentimiento muy profundo y conmovedor. El aya se echó a llorar cuando le pedí que me perdonara. «¿Por qué son todos tan buenos conmigo? ¿Qué he hecho para merecer un amor así?», me preguntaba. E involuntariamente me acordaba de Serguéi Mijáilich y me quedaba pensando largo rato en él. No podía hacer otra cosa y no consideraba que aquello fuese un pecado. Pero ahora pensaba en él de una manera muy distinta de la de aquella noche, cuando por primera vez me di cuenta de que lo amaba. Ahora pensaba en él como en mí misma, uniéndolo sin querer a cada pensamiento que tenía sobre mi futuro. La influencia abrumadora que ejercía en mí cuando estaba presente desaparecía del todo en mi imaginación. Ahora me sentía su par y, desde la altura del estado anímico en el que me encontraba, lo entendía a fondo. Ahora me parecía claro en él lo que antes me había parecido confuso. Sólo ahora entendía por qué él solía decir que la felicidad consistía en vivir para el otro, y me sentía completamente de acuerdo con él. Me parecía que él y yo, juntos, seríamos así, infinita y serenamente felices. E imaginaba no los viajes al extranjero, ni la vida mundana, ni el resplandor, sino una vida distinta, apacible y familiar, en la aldea, sacrificándonos eternamente, amándonos eternamente, con una conciencia eterna de la dulce y auxiliadora Providencia.

Comulgué, como me había propuesto, el día de mi cumpleaños. Mi pecho estaba henchido de una felicidad tan grande que cuando volvía de la iglesia a casa tenía miedo de la vida, tenía miedo de cualquier impresión, de cualquier cosa que pudiese destruir esa felicidad. Apenas nos habíamos bajado de la calesa en el porche, cuando se oyó retumbar sobre el puente el conocido cabriolé y vi a Serguéi Mijáilich. Me felicitó y entramos juntos en la sala. Desde que lo conocía nunca me había sentido con él tan tranquila y tan independiente como esa mañana. Sentía que había en mí todo un mundo nuevo que él no entendía y que estaba por encima de él. Estando con él, no me sentía turbada lo más mínimo. Él comprendió, es indudable, de dónde procedía esa sensación y fue en extremo dulce y tierno, pero también devotamente respetuoso conmigo. Hice ademán de acercarme al piano, pero él lo cerró y se guardó la llave en el bolsillo.

—No eche a perder el estado en el que se encuentra —dijo—. Ahora tiene en el alma una música que es mejor que cualquier otra música en el mundo.

Se lo agradecí, pero al mismo tiempo me resultó un poco desagradable que comprendiera con tanta sencillez y claridad esa parte de mi alma que debía permanecer oculta para todos. Durante la comida dijo que había venido a felicitarme y también a despedirse, porque al día siguiente se marcharía a Moscú. Al decir esto miró a Katia; luego me miró de manera fugaz, y vi que temía observar inquietud en mi rostro. Pero no me sorprendí ni me inquieté, ni siquiera pregunté si se iría por mucho tiempo. Sabía que era algo que tenía que decir, pero también sabía que no se iría. ¿Cómo? Ahora soy incapaz de explicármelo; pero ese memorable día creía saberlo todo, todo lo que había ocurrido y todo lo que ocurriría. Me hallaba como en un sueño bienhadado, como si todo lo que ocurría hubiera ocurrido con anterioridad, y todo eso lo supiera desde hacía mucho tiempo, y todo estuviera aún por ocurrir, y yo supiera que iba a ocurrir.

Quería marcharse inmediatamente después de la comida, pero Katia, cansada al regreso de la misa, se había recostado y él debía esperar a que ella despertara para despedirse. El sol entraba en la sala y salimos a la terraza. Apenas nos sentamos, comencé a hablar con absoluta tranquilidad de lo que debía decidir el destino de mi amor. Y no empecé a hablar ni antes ni después, sino en el momento preciso en que nos sentamos, cuando aún no se había dicho nada, cuando la conversación no tenía todavía ni tono ni carácter, nada que pudiese ser un impedimento a lo que yo quería decir. Yo misma no entiendo de dónde surgieron esa serenidad, esa resolución y esa exactitud en mis expresiones. Como si no hablara yo, como si alguien independiente de mi voluntad hablara por mí. Él estaba sentado frente a mí, apoyado en la barandilla, arrancando las hojitas de una rama de lila que había acercado hasta donde estaba. Cuando comencé a hablar, soltó la rama y apoyó la cabeza en la mano. Esa posición podía ser tanto la de una persona absolutamente tranquila como la de alguien muy inquieto.

—¿Por qué se va? —pregunté con aire grave, de manera pausada y mirándolo directamente a los ojos.

No respondió de inmediato.

—Asuntos —pronunció, bajando la vista.

Era como si le fuese difícil mentirme a una pregunta hecha con tanta franqueza.

—Escúcheme —le dije—. Usted sabe lo que el día de hoy significa para mí. Es un día muy importante por muchas razones. Si se lo pregunto, no es para demostrar interés (sabe que estoy acostumbrada a su presencia y que lo quiero), sino porque necesito saberlo. ¿Por qué se va?

—Es para mí muy difícil revelarle la verdadera razón —dijo—. Esta semana he pensado mucho en usted y en mí y he decidido que tengo que partir. ¿Entiende usted la razón? Si me ama, no me hará más preguntas. —Se frotó la frente con la mano y cerró los ojos—. Todo esto me aflige mucho… Y usted debe entenderlo.

Mi corazón comenzó a latir con fuerza.

—No puedo entender —dije yo—. No puedo, pero dígamelo usted, por el amor de Dios, por el día de hoy, dígamelo usted; soy capaz de oírlo todo con serenidad —dije.

Cambió de posición, me lanzó una mirada y de nuevo acercó la rama hasta él.

—Lo que ocurre —dijo, tras unos momentos de silencio y con una voz que en vano quería hacer aparecer como firme—, aunque es absurdo e imposible expresarlo con palabras, aunque para mí es difícil, intentaré explicárselo —añadió, frunciendo el entrecejo como por un dolor físico.

—¡Y bien! —dije.

—Imagínese que había un caballero A, digamos viejo y muy vivido, y una dama B, jovencita, dichosa, ignorante aún de las personas y de la vida. Por distintas cuestiones familiares, él la quería como a una hija y nunca había tenido miedo de quererla de otra manera.

Guardó silencio, pero yo no dije nada.

—Pero olvidó que B era muy jovencita, que la vida era para ella todavía un juego —continuó de pronto a toda velocidad, decidido y sin mirarme—, y que no era difícil amarla con otro amor, y que eso a ella la divertiría. Y cometió un error y de pronto se dio cuenta de que otro sentimiento, un sentimiento pesado como el arrepentimiento, comenzaba a abrirse paso en su alma, y se asustó. Se asustó de que fuesen a destruirse las relaciones amistosas que tenían, y decidió partir antes de que esas relaciones se destruyeran.

Al decir esto, de nuevo, como con descuido, comenzó a frotarse los ojos con la mano y los cerró.

—¿Y por qué tenía miedo de amarla de otra manera? —dije yo casi inaudiblemente, controlando mi inquietud, y mi voz era plana, pero a él debió de parecerle burlona. Respondió en un tono que parecía ofendido.

—Usted es joven —dijo—; yo ya no lo soy. Usted tiene ganas de jugar, pero yo necesito otra cosa. Juegue, pero no conmigo, porque puedo creérmelo, y será doloroso para mí, y usted se sentirá mal. Esto lo ha dicho A —añadió—, pero es una tontería. Usted sabe por qué me voy. Y no hablemos más del tema. ¡Por favor!

—¡No! ¡No! ¡Hablemos! —dije, y las lágrimas temblaron en mi voz—. ¿Él la amaba o no?

Él no respondió.

—Y si no la amaba, ¿por qué jugaba con ella como con una niña? —dije.

—Sí, sí; A era culpable —respondió, interrumpiéndome apresuradamente —, pero todo había terminado ya, y ellos se separaron… como amigos.

—¡Pero esto es horrible! ¿No hay otro final? —conseguí decir, y me asusté de haberlo dicho.

—Sí, sí lo hay —dijo él, descubriendo su rostro desasosegado y mirándome a los ojos—. Hay dos finales distintos. Pero, por el amor de Dios, no me interrumpa y trate de entenderme con serenidad. Unos dicen… —comenzó incorporándose y sonriendo dolorosamente— unos dicen que A se volvió loco, que se enamoró perdidamente de B y que se lo dijo… Y ella sólo se rio. Para ella no era más que una broma, pero para él era la vida entera.

Me estremecí y quise interrumpirlo, decirle que no se atreviera a hablar por mí, pero él, deteniéndome, puso su mano sobre la mía.

—Espere —dijo con voz temblorosa—. Otros dicen que ella se apiadó de él, que se imaginó, pobrecita, sin haber visto mundo, que podía amarlo, y aceptó ser su esposa. Y él, loco, la creyó, creyó que su vida entera comenzaría de nuevo; sin embargo, se daba cuenta de que ella lo engañaba... y que él la engañaba... Pero no hablemos más de esto —concluyó, seguramente sin fuerzas para seguir hablando y, en silencio, se puso a caminar frente a mí.

Dijo: «No hablemos más», pero yo vi que él, anhelante, estaba esperando mis palabras. Quería hablar, pero no podía; algo me oprimía el pecho. Lo miré de reojo, estaba pálido y su labio inferior temblaba. Sentí compasión por él. Hice un esfuerzo y de pronto, rompiendo la fuerza del silencio que me atenazaba, hablé con una voz suave, interior, que, temía, podría desgarrarse en cualquier momento.

—Y el tercer final —dije, y me detuve, pero él guardó silencio—, y el tercer final es que él no la amaba, y le hizo daño, mucho daño, y pensaba que estaba en lo correcto, y se fue y encima se enorgullecía de alguna cosa. Para usted, no para mí, esto es una broma, porque yo me enamoré de usted desde el primer día, me enamoré —repetí, y en las palabras «me enamoré» mi voz, sin que yo lo hubiese buscado, dejó de ser dulce y pasó de ser una voz interior a ser un grito salvaje que me asustó a mí misma.

Él estaba frente a mí, lívido. Su labio temblaba cada vez más, y dos lágrimas rodaron por sus mejillas.

—¡Está muy mal! —casi grité, asfixiándome por unas lágrimas feroces, contenidas—. ¿Por qué? —dije, y me levanté para alejarme de su lado.

Pero él no me lo permitió. Su cabeza reposaba sobre mis rodillas, sus labios besaban mis todavía temblorosas manos, y sus lágrimas las humedecían.

—Dios mío, si lo hubiese sabido —dijo.

—¿Por qué? ¿Por qué? —seguía yo repitiendo, pero el alma desbordaba felicidad, una felicidad que nunca más volvió.

A los cinco minutos, Sonia subía corriendo a buscar a Katia y gritaba a los cuatro vientos que Masha quería casarse con Serguéi Mijáilich.

V

No había razón para posponer nuestra boda y ni él ni yo queríamos que se pospusiera. Es cierto que Katia deseaba ir a Moscú y comprar y encargar la dote, y su madre exigía que él, antes de casarse, se hiciera con una nueva calesa y nuevos muebles y que empapelara de nuevo todas las paredes de la casa; pero nosotros, los dos, insistimos en que todo eso se hiciera más adelante, si es que era tan necesario, y en casarnos a las dos semanas de mi cumpleaños, sin ruido, sin dote, sin invitados, sin pajes de honor, sin cenas ni champán y todos esos atributos convencionales de las bodas. Él me contaba que su madre estaba descontenta porque la boda se llevaría a cabo sin música, sin montañas de baúles y sin que se hubiesen hecho todos los arreglos a la casa, es decir, que no fuese una boda como la suya, que había costado treinta mil rublos; y que ella, absolutamente en serio y a escondidas de su hijo, rebuscaba en los baúles que había en el trastero, deliberaba con la administradora Mariushka a propósito de las alfombras, cortinas y bandejas indispensabilísimas para nuestra felicidad. De mi lado, Katia hacía lo mismo con el aya Kuzmínishna. Y no se podía bromear con ella al respecto. Estaba más que convencida de que a él y a mí, cuando hablábamos entre nosotros de nuestro futuro, todo se nos iba en zalamerías, en esas bobadas tan características de las personas en nuestra situación; pero que esencialmente nuestra felicidad futura sólo dependería del corte y de la confección correctos de las camisas y del ribeteado de los manteles y de las servilletas. De Pokrovski a Nikolski, y viceversa, cada día, varias veces al día, llegaban noticias secretas sobre lo que se estaba preparando en cada lugar, y, aunque aparentemente entre Katia y la madre de él las relaciones no podían ser más cariñosas, se percibía entre ellas cierta hostilidad, velada por la diplomacia más fina. Tatiana Semiónovna, su madre, a la que ahora conocía más de cerca, era un ama de casa severa, rigurosa, y una dama a la usanza del siglo pasado. Él la amaba no sólo como un hijo, por ser ese su deber, sino porque así lo sentía, considerándola la mejor, la más inteligente, la más buena y la más cariñosa de las mujeres del mundo. Tatiana Semiónovna siempre fue buena con nosotros y conmigo sobre todo, y estaba contenta de que su hijo se casara, pero cuando fui a su casa ya como novia tuve la impresión de que quería hacerme sentir que, como partido para su hijo, podría yo ser mejor y que no estaría de más que lo tuviera siempre presente. Y yo la entendía perfectamente y estaba de acuerdo con ella.

Durante esas dos semanas nos veíamos a diario. Él llegaba a comer y se quedaba hasta medianoche. Pero, pese a que decía —y yo sabía que decía la verdad— que sin mí no tenía vida, nunca pasaba el día entero a mi lado e intentaba seguir dedicándose, sin mí, a sus asuntos. Nuestras relaciones exteriores, hasta el día mismo de la boda, no variaron; seguimos hablándonos de usted, él no besó ni siquiera mi mano, y no sólo no buscaba quedarse a solas conmigo, sino que evitaba cualquier oportunidad de hacerlo. Como si tuviera miedo de permitir que esa ternura exagerada, dañina, que había en él, de pronto aflorara. No sé si fue él o yo, pero ahora me sentía su par; ya no encontraba en él esa fingida sencillez que antes tanto me disgustaba, y a menudo me deleitaba viendo frente a mí no ya a un hombre que me infundía respeto y miedo, sino a un niño dócil y desconcertado de felicidad. «¡Eso es lo que había en él! —pensaba yo a menudo—. Es una persona como yo, nada más». Ahora me parecía que estaba íntegro frente a mí y que ya lo conocía a fondo. Y todo aquello de lo que me iba enterando era sencillo y estaba en concordancia con mi ser. Hasta sus planes a propósito de cómo viviríamos juntos eran mis planes, pero más claros y mejor expresados en sus palabras.

El clima esos días no era bueno, y pasábamos la mayor parte del tiempo dentro de casa. Las conversaciones más sinceras y mejores tenían lugar en el rincón entre el piano y la ventana. En la negra ventana se reflejaban las llamas de las velas, y de vez en cuando tamborileaban y chorreaban las gotas sobre el reluciente cristal. También se oía el golpeteo en el techo; el agua chapoteaba en el charco que había debajo del canalón y desde la ventana se dejaba sentir la humedad. Pero en nuestro rincón todo parecía más luminoso, más cálido y más alegre.

—¿Sabe? Hace mucho que quería decirle una cosa —me dijo él en una ocasión en la que nos habíamos quedado hasta tarde en ese rincón—. Mientras usted tocaba, no pensaba más que en eso.

—No diga nada, lo sé todo —respondí.

Él sonrió.

—Sí, tiene razón, no digamos nada.

—¡No! Dígame, ¿en qué?

—Pues en esto: ¿se acuerda de la historia de A y B que le conté?

—¡Cómo no iba a acordarme de esa historia tan tonta! Suerte que acabó así…

—Sí, un tris y toda mi felicidad la habría arruinado yo mismo. Usted me salvó. Pero lo principal es que le estaba yo mintiendo, y me siento avergonzado y ahora quisiera terminar la historia.

—¡Ay!, no, por favor, no hace falta.

—No tenga miedo —dijo él, sonriendo—. Sólo necesito justificarme. Como comencé a decirle, quería razonar.

—¡Razonar! —exclamé—. ¡No, eso no hay que hacerlo nunca!

—Sí, razonaba mal. Después de todas mis desilusiones, de todos los errores que he cometido en la vida, cuando hace poco llegué a la aldea me dije, decididamente, que el amor se había acabado para mí, que lo único que me quedaba eran las responsabilidades de la edad madura, que durante mucho tiempo no había querido darme cuenta de lo que sentía por usted y a lo que eso podría llevarnos. Tenía y no tenía esperanzas. A veces me parecía que usted coqueteaba; a veces la creía y no sabía qué hacer. Pero después de aquella tarde, ¿recuerda?, cuando por la noche estuvimos paseando por el jardín, me asusté. Mi felicidad me parecía demasiado grande y demasiado imposible. Porque ¿qué pasaría si me permitía albergar alguna esperanza y resultaba en vano? Pero, por supuesto, sólo pensaba en mí; porque soy un egoísta asqueroso.

Guardó silencio y se quedó mirándome.

—Y, sin embargo, no fue del todo una tontería lo que dije entonces. Es que podía, y debía, tener miedo. Tomo tanto de usted y le doy tan poco… Usted es todavía una niña, es un botón que aún tiene que florecer, usted ama por primera vez, y yo…

—Sí, dígame la verdad —dije yo, pero de pronto me aterró lo que pudiera responder—. No, mejor no —añadí.

—¿Si he amado antes? ¿Es eso? —dijo él, adivinando de inmediato mi pensamiento—. Se lo puedo decir. No, nunca. Nunca había tenido un sentimiento semejante a este… —Pero de pronto fue como si un penoso recuerdo atravesara su mente—. No, pero me hace falta su corazón para tener derecho a amarla —concluyó tristemente—. Y así, ¿acaso no tenía que haberlo pensado bien antes de decirle que la amo? ¿Qué le doy? Amor, es cierto.

—¿Y le parece poco? —dije yo, mirándolo a los ojos.

—Es poco, querida, es poco para usted —continuó—. ¡Usted es bella y joven! Ahora, a menudo, la felicidad me impide dormir por las noches y no hago sino pensar en cómo viviremos juntos. Yo he vivido mucho, y creo que sé lo que hace falta para la felicidad. Una vida apacible, recogida, en la lejanía de nuestra provincia, con la posibilidad de hacer el bien a esas personas a las que es tan fácil hacer un bien al que no están acostumbradas; luego, el trabajo…, un trabajo que, según parece, es de provecho; luego, el descanso, la naturaleza, los libros, la música, el amor al prójimo; esa es la felicidad para mí y no pienso que haya nada superior a ello. Y ahora, por encima de todo esto, una persona amada, una familia, quizá, todo lo que un hombre puede desear.

—Sí —dije yo.

—Para mí, que ya he vivido la juventud, sí, pero no para usted —continuó —. Usted no ha vivido todavía, puede que quiera buscar la felicidad en algo más y, tal vez, la encuentre en ese algo más. Ahora le parece que esto es la felicidad porque me ama.

—No, yo siempre he anhelado y he amado una vida familiar apacible —dije—. Usted ha puesto en palabras justamente aquello que yo había pensado.

Él sonrió.

—Eso es lo que le parece, querida. Pero será poco para usted. Es usted bella y joven —repitió, pensativo.

Pero yo me enfadé porque él no me creía y parecía reprocharme mi belleza y mi juventud.

—Pero, entonces, ¿por qué me ama? —dije, enojada—. ¿Porque soy joven o porque soy yo?

—No sé, pero la amo —respondió, mirándome con esa mirada suya atenta y atractiva.

No respondí nada y, sin querer, lo miré a los ojos. De pronto me ocurrió algo extraño. Primero dejé de ver lo que me rodeaba; luego su rostro se desdibujó y sólo quedaron sus ojos resplandecientes, me pareció, frente a los míos, luego tuve la impresión de que esos ojos eran parte de mí, todo se confundió; no veía yo nada y necesitaba entornar los ojos para apartarme del sentimiento de placer y de terror que me producía esa mirada…

La víspera del día señalado para la boda, antes de que cayera la noche, el tiempo se despejó. Y tras las lluvias que habían comenzado con el verano, llegó la primera tarde fresca y resplandeciente del otoño. Todo estaba mojado, frío, reluciente, y en el jardín, por primera vez, se vislumbraban las extensiones ilimitadas, el abigarramiento y la desnudez otoñal. El cielo estaba claro, frío y pálido. Me fui a dormir feliz pensando en que al día siguiente, el día de nuestra boda, haría bueno.

Me desperté con sol y la idea de que hoy… pareció asustarme y sorprenderme. Salí al jardín. El sol acababa de levantarse y brillaba a trozos a través de las alamedas amarillentas de unos tilos que habían comenzado a perder el follaje. El sendero estaba cubierto de hojas crujientes. Los arrugados racimos del vistoso serbal rojeaban en las ramas con unas cuantas hojas torcidas que las heladas habían quemado; las dalias estaban arrugadas y ennegrecidas. La primera helada yacía como una capa de plata sobre la pálida hierba verde y las desgajadas bardanas que crecían junto a la casa. En el cielo claro y frío no había ni podía haber una sola nube.

«¿Será posible que sea hoy? —me preguntaba a mí misma sin poder creer en mi felicidad—. ¿Será posible que mañana ya no despierte aquí, sino en Nikólskoe, en una casa ajena, con pilares? ¿Será posible que ya no vuelva a esperarlo y a recibirlo, ni vuelva a pasar las tardes y las noches conversando de él con Katia? ¿Que no vuelva a sentarme con él al piano en la sala de

Pokróvskoe? ¿Que no vuelva a acompañarlo a la puerta y a temer por él en las noches oscuras?». Pero recordé que la víspera él había dicho que llegaba por última vez, y Katia me había obligado a probarme el vestido de novia y había dicho: «Para mañana»; y entonces, por un instante, conseguí creerlo y luego dudé de nuevo. «¿Será posible que a partir de hoy vaya a vivir allá, con una suegra, sin Nadezhda, sin el viejo Grigori, sin Katia? ¿Que ya no vaya por la noche a dar un beso al aya y a oír cómo ella, siguiendo una vieja costumbre, después de darme la bendición, me dice: "Buenas noches, señorita"? ¿Será posible que no vuelva a ayudar a Sonia a estudiar, ni a jugar con ella, ni a golpear con los nudillos su pared por las mañanas y a oír sus sonoras carcajadas? ¿Será posible que hoy me convierta en una persona ajena a mí misma y se abra frente a mí una nueva vida en la que mis esperanzas y mis deseos se realicen? ¿Será posible que esta nueva vida sea para siempre?». Y esperaba su llegada con impaciencia, y qué difícil era para mí estar sola con estos pensamientos. Llegó temprano y sólo a su lado logré convencerme de que ese día me convertiría en su esposa, y la idea dejó de ser para mí terrible.

Antes de la comida fuimos a nuestra iglesia a oficiar un réquiem por papá.

«¡Si él estuviese vivo!», pensé cuando volvíamos a casa, mientras en silencio me apoyaba en el brazo del hombre que había sido el mejor amigo de aquel en quien pensaba en ese momento. Durante la plegaria, cuando rozaba con la frente la piedra fría del suelo de la capilla, imaginé tan vivamente a mi padre, sentí hasta tal punto que su alma me entendía y bendecía mi elección, que ahora tenía la impresión de que su alma estaba aquí, volando encima de nosotros, y sentía su bendición. Y los recuerdos, y las esperanzas, y la felicidad y la tristeza se fundieron en mí en un sentimiento solemne y placentero que armonizaba con el aire fresco y quieto, el silencio, la desnudez de los campos y el pálido cielo del que se derramaban sobre todas las cosas unos rayos brillantes pero impotentes que intentaban encender mis mejillas. Me parecía que el hombre que me acompañaba entendía y compartía ese sentimiento. Él iba tranquilo y en silencio, y en su rostro, al que de vez en cuando miraba, se expresaba esa misma grave no sé si tristeza o alegría que había en la naturaleza y también en mi corazón.

De pronto se volvió hacia mí, vi que quería hablarme. «¿Y si de pronto dice algo que no tiene nada que ver con lo que estoy pensando?», se me ocurrió. Pero me habló de mi padre, sin mencionarlo siquiera.

—Y en una ocasión, bromeando me dijo: «¡Cásate con mi Masha!» —dijo.

—¡Qué feliz sería ahora! —dije yo, apretando con fuerza su mano.

—Sí, usted era todavía una niña —continuó, mirándome a los ojos—. Entonces yo besaba sus ojos, y los amaba sólo porque se parecían a los de él, sin pensar que algún día me serían queridos por sí mismos. Entonces la llamaba Masha.

—Hábleme de «tú» —dije.

—Se me acababa de ocurrir hablarte de «tú» —dijo—; sólo ahora me parece que eres completamente mía. —Y su mirada serena, feliz, una mirada que despertaba simpatía, se detuvo en mí.

Caminábamos apaciblemente por un sendero no trazado del campo a través del rastrojo estropeado y pisoteado; y no oíamos sino nuestros pasos y nuestras voces. Por un lado, a través del barranco y hasta el lejano bosquecillo desnudo, se extendía el rastrojo rojizo grisáceo, por el que a un costado nuestro un campesino con un arado abría una brecha negra cada vez más ancha. La manada de caballos esparcida por el cerro parecía no estar lejos. Al otro lado y frente a nosotros, hasta el jardín y la casa, y aun detrás de ella, negreaba el campo sembrado antes del invierno y que ahora se descongelaba dejando al descubierto algunas delicadas franjas verdes. Un sol templado brillaba sobre todo aquello. Había telarañas de largas hebras aquí y allá, pero también volaban por el aire alrededor de nosotros y se posaban sobre el rastrojo seco por el frío, se nos pegaban en los ojos, en los cabellos, en la ropa. Cuando hablábamos, nuestras voces sonaban y se quedaban suspendidas encima de nosotros en el aire inmóvil, como si en el mundo entero no existieran sino ellas y nosotros bajo esa bóveda azul en la que, encendiéndose y parpadeando, retozaba un sol templado.

Yo también quería tutearlo, pero me daba vergüenza.

—¿Por qué vas tan rápido? —dije precipitando las palabras y con una voz apenas audible, y, sin querer, me ruboricé.

Él aminoró el paso y me miró con más ternura, más alegría y más felicidad.

Cuando volvimos a casa ya estaban allí su madre y aquellos invitados a los que no habíamos podido eludir, y hasta el momento en el que, después de la iglesia, nos sentamos en la calesa que nos llevaría a Nikólskoe no estuve a solas con él.

La iglesia estaba casi vacía, yo miraba de reojo a su madre, que se había situado en la alfombra junto al coro, a Katia con su cofia de cintas violetas y lagrimones en las mejillas, y a dos o tres sirvientes que me miraban con curiosidad. A él no lo veía, pero sentía ahí, a mi lado, su presencia. Ponía toda mi atención en las palabras de las oraciones, las repetía, pero nada repercutía en mi alma. No podía rezar y miraba estúpidamente los iconos, las velas, la cruz bordada en la parte posterior de la casulla del sacerdote, el iconostasio, la ventana de la iglesia, y no entendía nada. Sólo sentía que algo extraordinario me estaba ocurriendo. Cuando el sacerdote se volvió con la cruz hacia nosotros, nos felicitó y dijo que él me había bautizado y que Dios lo había llevado también a casarme, cuando Katia y su madre nos besaron y se oyó la voz de Grigori que llamaba la calesa, me sorprendí y me asusté de que todo hubiese terminado y de que nada extraordinario, nada que concordara con el sacramento que había recibido, hubiese ocurrido en mi alma. Nos besamos, y fue un beso muy extraño, ajeno a lo que sentíamos. «¿Y eso es todo?», pensé. Salimos al atrio; el traqueteo de las ruedas se dejó oír con fuerza bajo la bóveda de la iglesia, el aire fresco nos sopló en la cara. Él se puso el sombrero y me dio la mano para ayudarme a subir a la calesa. A través de la ventana vi la luna helada con un halo. Él se sentó a mi lado y cerró la puerta tras de sí. Sentí una punzada en el corazón. Como si me hubiera parecido ofensiva la seguridad con la que lo había hecho. La voz de Katia gritó que me cubriera la cabeza, y las ruedas retumbaron sobre los adoquines; luego tomamos el camino mullido y nos fuimos. Yo, pegada al rincón, miraba por la ventana los lejanos campos iluminados y el camino que huía bajo el resplandor frío de la luna. Y, sin mirarlo, lo sentía ahí, a mi lado. «¿Y qué?, ¿qué me dio este momento que tanto había esperado?», pensé, y fue como si me resultara humillante y ofensivo estar con él a solas y tan cerca. Me volví hacia él con la intención de decirle algo. Pero las palabras no salían, como si el sentimiento de ternura que había habido en mí hubiese sido sustituido por el de la ofensa y el miedo.

—Hasta este momento no creía que esto fuera posible —respondió, apacible, a mi mirada.

—Sí, pero tengo mucho miedo, no sé por qué —dije.

—¿Miedo de mí, querida? —preguntó él, tomando mi mano e inclinando hasta ella su cabeza.

Mi mano yacía sin vida en la suya, y el corazón me dolía de frío.

—Sí —susurré.

Pero en ese momento mi corazón se puso a latir con más fuerza, mi mano tembló y apretó la suya, tuve calor, mis ojos buscaron los suyos en medio de la penumbra y de pronto sentí que no era miedo, que ese terror era el amor, un amor nuevo y todavía más tierno y más intenso que antes. Sentí que toda entera era suya, y que me hacía feliz la autoridad que él tenía sobre mí.

***

SEGUNDA PARTE

VI

Los días, las semanas, dos meses de vida apartada en la aldea pasaron sin que nos diésemos cuenta, según nos pareció entonces; y sin embargo, los sentimientos, las inquietudes y la felicidad de esos dos meses podrían ser suficientes para toda una vida. Mis sueños y los suyos sobre cómo organizaríamos nuestra vida en la aldea se hicieron realidad de una manera totalmente distinta de como esperábamos. Pero nuestra vida no desmerecía frente a nuestros sueños. No había que trabajar rigurosamente, ni cumplir con la obligación de sacrificarse en aras del otro como había imaginado mientras fui novia. Al contrario, lo que había era un sentimiento interesado de amor mutuo, el deseo de ser amado, una alegría constante y sin motivo y el olvido de todo en el mundo. Es cierto que a veces él se retiraba a su gabinete para ocuparse de alguna gestión, a veces iba a la ciudad por algún asunto o recorría la hacienda; pero yo veía cuánto le pesaba separarse de mí. Y él mismo confesaba que cualquier cosa en el mundo en la que yo no figurase le parecía tan absurda que no lograba entender cómo podía dedicarse a ella. A mí me sucedía lo mismo. Leía, me dedicaba a la música, a su madre, a la escuela; pero todo era únicamente porque cada una de estas ocupaciones estaba relacionada con él y merecía su aprobación; pero en cuanto él no estaba ligado a alguna cosa, los brazos se me caían, y me resultaba muy extraño pensar que hubiese en el mundo algo aparte de él. Quizá no fuera un sentimiento bueno, quizá fuera egoísta, pero era un sentimiento que me procuraba felicidad y me elevaba muy por encima del mundo entero. Sólo él existía para mí en el mundo, y para mí era el más maravilloso y el más impecable de los hombres; por eso no podía vivir para nada más que no fuese él, que no fuese ser a sus ojos lo que él creía que yo era. Y él me creía la mejor y la primera de las mujeres del mundo, dotada de todas las virtudes posibles; y yo intentaba ser esa mujer a los ojos del mejor y el primer hombre de todo el universo.

En una ocasión entró en mi alcoba en el momento en que yo estaba rezando. Lo miré y seguí rezando. Se sentó a la mesa para no molestarme y abrió un libro. Pero a mí me pareció que me estaba mirando y me volví. Él sonrió, yo me reí y no pude seguir mi oración.

—¿Tú ya has rezado? —le pregunté.

—Sí. Pero continúa, yo me voy.

—Tú rezas, espero…

Él, sin responder, quiso irse, pero lo detuve.

—Prenda mía, por favor, hazlo por mí, di una oración conmigo.

Se paró junto a mí y, bajando los brazos torpemente, con una cara muy seria, titubeando, comenzó la oración. De vez en cuando se volvía hacia mí, buscaba en mi rostro aprobación y ayuda.

Cuando terminó, me reí y lo abracé.

—¡Todo! ¡Todo es gracias a ti! ¡Como si de nuevo tuviera yo diez años! —dijo sonrojándose y besando mis manos.

Nuestra casa era una de esas viejas casas de pueblo en las que, respetando y queriendo una cosa y otra, habían vivido varias generaciones de parientes. Todos los rincones desprendían un olor a recuerdos agradables y honrados que súbitamente, en cuanto entré en la casa, parecieron volverse míos. La decoración y el orden los llevaba, a la antigua usanza, Tatiana Semiónovna. No se puede decir que todo fuese elegante y hermoso; había de todo en demasía, empezando por los sirvientes y terminando con los muebles y los guisos, pero todo estaba pulcro, era duradero, estaba bien cuidado e inspiraba respeto. En la sala, los muebles se hallaban acomodados simétricamente; también los retratos colgaban en simetría y sobre el suelo se extendían alfombras hechas en casa y esterillas. En la pieza de los divanes había un viejo piano, pequeños armarios de dos modelos distintos, divanes y mesitas con latón e incrustaciones. En mi gabinete, decorado gracias a la diligencia de Tatiana Semiónovna, se hallaban los mejores muebles de distintas épocas y modelos y, también, un antiguo espejo de cuerpo entero en el que al principio no podía mirarme de ninguna manera sin sentir vergüenza, pero al que después, como a un viejo amigo, llegué a querer. A Tatiana Semiónovna no se la oía, pero todo en casa funcionaba como un reloj, aunque había demasiada servidumbre. Pero toda esa servidumbre, que utilizaba un calzado suave y sin tacones (Tatiana Semiónovna consideraba el chirrido de las suelas y el golpeteo de los tacones la cosa más desagradable del mundo), toda esa servidumbre parecía orgullosa de su condición, temblaban frente a la vieja dama, pero a mi marido y a mí nos veían con un cariño protector y, al parecer, realizaban su trabajo con un deleite especial. Todos los sábados, sin excepción, se fregaban los suelos y se sacudían las alfombras; cada primero de mes se oficiaba un servicio religioso con agua bendita, cada día del santo de Tatiana Semiónovna, de su hijo (y mío, por primera vez ese otoño) se ofrecía un banquete para las gentes de los alrededores. Y todo esto se había realizado invariablemente desde que Tatiana Semiónovna tenía memoria de sí misma. Mi marido no intervenía en la administración de la casa y sólo trabajaba en las cuestiones relacionadas con los campos y con los campesinos, y trabajaba mucho. Se levantaba, aun en invierno, muy temprano, de manera que cuando yo me despertaba, él ya no estaba. Volvía, por lo general, para el té, que solíamos tomar a solas, y a esa hora, después de todas las gestiones y todos los disgustos relacionados con la explotación de las tierras, casi siempre se encontraba en ese alegre estado de ánimo que nosotros llamábamos «loco entusiasmo». Con frecuencia le pedía que me contara qué había hecho por la mañana, y él me contaba tales absurdos que nos moríamos de risa; a veces pedía un relato serio y él, conteniendo la sonrisa, me complacía. Yo miraba sus ojos, sus labios en movimiento y no entendía nada, sólo me complacía viéndolo y escuchando su voz.

—¿Qué te acabo de contar? Repítemelo —me decía.

Pero yo no podía repetir nada. Era tan divertido que él me contara algo que no tenía que ver ni con él ni conmigo, sino con algo más. Como si no me diera igual cualquier cosa que pasara. Sólo mucho más tarde comencé a entender y a interesarme por aquello a lo que él se dedicaba. Tatiana Semiónovna no salía hasta la hora de la comida, tomaba el té sola y nos saludaba únicamente por medio de intermediarios. En nuestro pequeño mundo, tan particular y tan extravagantemente feliz, sonaba tan rara su voz desde aquel rinconcito, distinto, maduro, ordenado, que con frecuencia no podía contenerme y reía en respuesta a la sirvienta que, con los brazos cruzados, nos comunicaba rítmicamente que Tatiana Semiónovna había ordenado preguntar cómo habíamos pasado la noche después del paseo de ayer y, sobre su persona, había ordenado informar que toda la noche le había dolido un costado y que en la aldea un perro tonto había estado ladrando y le había impedido dormir. «Y además ha ordenado que les pregunte si les han gustado las galletas de hoy, y ha pedido que reparen en que esta mañana, por primera vez y para probar, no las horneó Tarás, sino Nikolashka, y que lo ha hecho bastante bien, sobre todo las rosquillas, porque las tostadas se le han quemado». Hasta la hora de la comida pasábamos poco tiempo juntos. Yo tocaba el piano y leía sola; él escribía, volvía a salir; pero a la hora de la comida, a las cuatro de la tarde, nos reuníamos en el comedor; mamá emergía desde su alcoba y aparecían las dos o tres nobles damas venidas a menos y las peregrinas que siempre había en casa. Invariablemente, todos los días, mi marido, siguiendo una vieja costumbre, daba a su madre la mano para ir al comedor, pero ella exigía que me diera a mí la otra mano e, invariablemente, todos los días, nos apretujábamos en las puertas. La comida la presidía mamá, y la conversación se desarrollaba en un tono razonablemente sensato y hasta un poco solemne. Las sencillas palabras que pronunciábamos mi marido y yo rompían de manera agradable la solemnidad de estas sesiones a la hora de comer. Entre la madre y el hijo a veces se suscitaban discusiones y guasas del uno al otro. A mí me gustaban particularmente esas discusiones y esas guasas porque a través de ellas era como se expresaba con más fuerza el amor sólido y tierno que los unía. Después de la comida, maman se sentaba en la sala en el sillón grande y trituraba el tabaco o separaba las hojas de los libros que acababa de recibir, y los leíamos en voz alta o íbamos a la pieza de los divanes a tocar el clavicordio. Leíamos mucho juntos en esa época, pero la música era nuestra ocupación favorita y nuestro más grande placer, despertando cada vez nuevas cuerdas en nuestros corazones y haciendo que cada vez nos descubriéramos de nuevo mutuamente. Cuando yo tocaba sus obras favoritas, él se sentaba en el diván más alejado, donde casi no podía verlo, y, por pudor, intentaba ocultar la impresión que mi música causaba en él. Pero a menudo, cuando menos lo esperaba, me levantaba del piano, me acercaba a él e intentaba sorprender en su rostro las huellas de la emoción, ese brillo insólito y esa humedad en sus ojos que él en vano intentaba ocultarme. Con frecuencia, mamá tenía ganas de vernos cuando estábamos en la pieza de los divanes, pero seguramente temía molestarnos y entonces a veces, haciendo como si no nos mirara, atravesaba la habitación con una expresión indiferente y aparentemente seria; pero yo sabía que no tenía para qué ir a su alcoba y volver tan pronto. El té de la tarde lo servía yo en la gran sala, y de nuevo todas las personas que vivían en casa se reunían alrededor de la mesa. Estas sesiones solemnes frente a la armadura del samovar y la repartición de vasos y tazas me desconcertaban. Siempre me parecía que no era digna de un honor tan grande, que era demasiado joven y atolondrada para hacer girar la llave de un samovar de ese tamaño, poner el vaso en la bandeja y decirle a Nikita: «Para Piotr Ivánovich, para Maria Mínichna», o preguntar: «¿Está suficientemente dulce?», y dejar terroncitos de azúcar para el aya y las personas que los merecían. «Magnífico, magnífico —decía con frecuencia mi marido—, como si fuera mayor», y eso no hacía sino aumentar mi desconcierto.

Después del té, maman hacía un solitario o escuchaba las adivinaciones de Maria Mínichna; luego nos besaba y nos daba la bendición a los dos, y nosotros nos retirábamos a nuestra habitación. La mayor parte de las veces, sin embargo, nos quedábamos despiertos hasta más allá de la medianoche, y esos eran los momentos mejores y más agradables. Él me hablaba de su pasado, hacíamos planes; a veces filosofábamos e intentábamos hablar bajito para que no nos oyeran arriba y no fueran a contarle a Tatiana Semiónovna que estábamos despiertos, ya que ella exigía que nos acostáramos temprano. A veces, si teníamos hambre, íbamos sin hacer ruido hasta la despensa, nos hacíamos con una cena fría gracias al amparo de Nikita y nos la comíamos a la luz de una sola vela en mi gabinete. Él y yo vivíamos como extraños en esa inmensa casa donde el riguroso espíritu de otros tiempos de Tatiana Semiónovna reinaba sobre todas las cosas. No sólo ella, también los sirvientes, las viejas criadas, los muebles, los cuadros me infundían respeto, cierto miedo y la conciencia de que él y yo, de alguna manera, no estábamos en el lugar que nos correspondía y que debíamos vivir con sumo cuidado y siempre atentos. Cuando ahora lo recuerdo, veo que mucho —ese inalterable orden que nos encadenaba, ese montón de gente curiosa y desocupada que vivía en nuestra casa— era incómodo y pesado; pero entonces esa falta de libertad no hacía sino avivar nuestro amor. No sólo yo, él tampoco mostraba de ninguna manera que hubiera algo que le desagradara. Al contrario, incluso era como si él mismo se escondiera de lo que estaba mal. El lacayo de mamá, Dmitri Sídorovich, un apasionado de la pipa, invariablemente, todos los días, después de comer, cuando nosotros estábamos en la pieza de los divanes, visitaba el gabinete masculino y se hacía con tabaco de la caja; y había que ver con qué zozobra tan divertida Serguéi Mijáilich, de puntillas, se me acercaba y, amenazándolo con un dedo y guiñando un ojo, señalaba a Dmitri Sídorovich, que no sospechaba siquiera que lo estábamos viendo. Y cuando Dmitri Sídorovich se iba sin habernos descubierto, mi marido comentaba, contento porque todo hubiese terminado bien, como en otras ocasiones, que yo era un encanto, y me besaba. A veces esa tranquilidad, ese perdón incondicional y esa aparente indiferencia por todo me disgustaban; no me daba cuenta de que en mí había lo mismo y lo consideraba una debilidad. «¡Es como un niño que no se atreve a mostrar su voluntad!», pensaba.

—Ay, querida —me respondió cuando en una ocasión le dije que me sorprendía su debilidad—, ¿acaso se puede estar descontento de algo cuando se es tan feliz como soy yo? Resulta más fácil ceder que someter a los otros; hace mucho que me he convencido de esto, y no hay ninguna situación en la que no se pueda ser feliz. ¡Y nosotros estamos tan bien! No tengo razón para enfadarme; para mí ahora no existe nada malo, existe sólo lo digno de compasión y lo entretenido. Y, lo principal, le mieux est l'ennemi du bien. ¿Me creerás que cuando oigo una campanilla, recibo una carta o simplemente me despierto, siento miedo? Miedo porque la vida sigue y algo puede cambiar; y nada puede ser mejor que lo que hoy tenemos.

Yo le creía, pero no lo entendía. Me sentía bien, pero consideraba que las cosas debían ser así y no de otra manera y, además, me ocurre que siempre pienso que allá, en algún lado, hay otra felicidad, si no más grande, sí diferente.

Así transcurrieron dos meses. Llegó el invierno con sus fríos y sus tormentas de nieve y yo, pese a que él estaba conmigo, comencé a sentirme sola, comencé a sentir que la vida se repetía y que no había en mí, ni en él, nada nuevo; al contrario, era como si retornáramos a lo viejo. Él comenzó a dedicarse a sus asuntos más que antes, y yo volví a tener la impresión de que en su alma había un mundo específico que me estaba vedado. Su eterna tranquilidad me irritaba. No es que lo amara menos que antes, ni que fuera menos feliz que antes con su amor; pero mi amor se estancó, ya no crecía, y amén del amor, un sentimiento desasosegado, nuevo para mí, comenzó a infiltrarse en mi alma. Me parecía poco amar una vez conocida la felicidad de amarlo. Quería movimiento y no el fluir sosegado de la vida. Quería inquietudes, peligros y sacrificio en aras del sentimiento. Había un exceso de energía en mí que no encontraba su lugar en nuestra vida apacible. Era presa de arrebatos de melancolía que yo, como si fuera algo malo, intentaba ocultarle, y también tenía arrebatos de una desbocada ternura y regocijo, que lo asustaban. Él advirtió aun antes que yo mi situación y me propuso que nos trasladáramos a la ciudad; pero yo le pedí que no lo hiciéramos, que no cambiáramos nuestra forma de vida, que no perturbáramos nuestra felicidad. Y es que, de verdad, era feliz; pero me martirizaba que esa felicidad mía no me costara ningún trabajo, que no conllevara ningún sacrificio, cuando la energía para el trabajo y el sacrificio me atormentaban. Lo amaba y me daba cuenta de que yo era todo para él; pero quería que nuestro amor fuera visible, que me pusieran obstáculos para amarlo y seguir amándolo de todas formas. Mi cabeza, e incluso mi corazón, estaban ocupados, pero había otra disposición, la juventud, que exigía movimiento, que no encontraba satisfacción en nuestra vida apacible. ¿Para qué me habría dicho que podíamos irnos a la ciudad en cuanto yo lo quisiera? Si no me lo hubiese dicho, tal vez habría entendido que esa sensación que me torturaba era una estupidez dañina, que la culpa era mía, que el sacrificio que yo buscaba estaba ahí, delante de mí, y consistía en reprimir esa sensación. La idea de que podría librarme de aquella tristeza con sólo trasladarme a la ciudad se me ocurría una y otra vez; pero al mismo tiempo, que por mí se alejara de todo lo que quería me hacía sentir avergonzada y mal. Pero el tiempo transcurría, la nieve encalaba con una capa cada vez más alta las paredes de la casa, y nosotros seguíamos estando siempre solos, y siempre el uno frente al otro; y sin embargo, allá, en algún lugar, en medio del brillo y del bullicio, multitud de gente experimentaba inquietudes, sufrimientos y alegrías sin pensar en nosotros ni en nuestra existencia, que poco a poco iba extinguiéndose. Lo peor para mí era que sentía cómo día tras día la rutina aherrojaba nuestra vida y le daba una forma determinada, cómo nuestro sentimiento perdía libertad al someterse al acompasado e impasible fluir del tiempo. Durante la mañana estábamos contentos; durante la comida, respetuosos, y por la noche, tiernos. «¡Basta! —me dije—. Está bien hacer el bien y vivir con honradez, como él dice; pero ya tendremos tiempo de eso. En cambio, hay algo para lo que sólo ahora tengo fuerzas». Yo no necesitaba eso, necesitaba la lucha; necesitaba que el sentimiento fuese el que dirigiera nuestra vida y no la vida nuestro sentimiento. Me habría gustado acercarme con él al borde de un precipicio y decir: «Estoy a un paso, me lanzaré, un movimiento y estaré muerta», y que él, perdiendo el color junto al precipicio, me tomara con sus fuertes manos, me mantuviera al borde de este unos instantes hasta que el corazón se me helara de espanto, y luego me llevara a donde él quisiera.

Esta situación afectó incluso a mi salud, y mis nervios comenzaron a alterarse. Una mañana me sentía peor que de costumbre; él volvió del despacho de mal humor, lo que ocurría muy rara vez. Me di cuenta al instante y le pregunté qué le ocurría. No quiso responderme, arguyendo que no valía la pena. Según me enteré después, el jefe de la policía del distrito había alborotado a nuestros campesinos y, debido a que no simpatizaba con mi marido, exigía de ellos algo ilegal y los amenazaba. Mi marido no había tenido tiempo de digerir todo aquello y hacer que se convirtiera en algo anecdótico e insignificante; estaba irritado y por eso prefería no hablarlo conmigo. Pero a mí me pareció que no quería contármelo porque me consideraba una niña pequeña incapaz de entender aquello que ocupaba sus pensamientos. Le di la espalda, guardé silencio y ordené que invitaran a Maria Mínichna, que estaba de huésped en nuestra casa, a tomar el té. Después del té, que terminé particularmente rápido, me llevé a Maria Mínichna a la pieza de los divanes y me puse a hablar con ella en voz muy alta sobre no sé qué tontería que en realidad me tenía sin cuidado. Él daba vueltas por la habitación, lanzándonos de vez en cuando una mirada. No sé por qué en ese momento aquellas miradas actuaban en mí de manera que cada vez tenía más ganas de hablar e incluso de reírme; me parecía divertido todo lo que le decía a Maria Mínichna y también todo lo que ella me respondía. Sin decirme nada, se retiró a su gabinete y cerró la puerta con llave. En cuanto dejé de oírlo, mi alegría se esfumó, hasta tal punto que Maria Mínichna se sorprendió y me preguntó qué me ocurría. Yo, sin responderle, me senté en uno de los divanes y estuve a punto de echarme a llorar. «¿Por qué inventará esto? —pensaba—. Ha de ser alguna tontería que a él le parece importante, pero que me la diga y verá cómo le demuestro que se trata de una bobería. Pero no, le gusta pensar que no lo entenderé; tiene que humillarme con su augusta impasibilidad y tener siempre la razón. Pero yo también la tengo, cuando me aburro, cuando me siento vacía, cuando quiero vivir, estar en movimiento —pensaba yo—, y no quedarme en un solo lugar y sentir que el tiempo fluye a través de mí. Yo quiero avanzar, quiero cosas nuevas cada día, cada hora, y él quiere detenerse y mantenerme detenida a su lado. ¡Y qué fácil sería para él! Para eso no necesita llevarme a la ciudad, bastaría que fuese como yo, no trabajar hasta perder el aliento, no contenerse, ser sencillo en su vida. Eso es lo que él me aconseja, y sin embargo, él no es sencillo. ¡Eso es!».

Sentía que las lágrimas me inundaban el corazón y que estaba muy enojada con él. Me asustó mi enojo y fui a buscarlo. Lo hallé sentado en su gabinete, escribiendo. Al oír mis pasos, me miró un instante con indiferencia, con tranquilidad, y continuó con su escritura. No me gustó su mirada; en vez de acercarme a él, me detuve junto a la mesa sobre la que estaba escribiendo y, tras abrir un libro, me puse a contemplarlo. Él volvió a dejar lo que estaba haciendo y me miró.

—¡Masha! ¿Estás de mal humor? —me preguntó.

Le respondí con una mirada fría, que decía: «¡No tienes por qué preguntármelo! ¿Qué galanterías son esas?». Movió la cabeza y sonrió tímida y tiernamente. Por primera vez no correspondí a su sonrisa.

—¿Qué problema has tenido hoy? —le pregunté—. ¿Por qué no me lo has dicho?

—¡Una tontería! Una pequeña contrariedad —respondió—. Sin embargo, ahora ya puedo contártela. Dos campesinos se fueron a la ciudad...

Pero no lo dejé terminar.

—¿Por qué no quisiste contármelo a la hora del té, cuando te lo estuve preguntando?

—Porque te habría dicho una tontería; estaba enfadado.

—Pero yo necesitaba saberlo en ese momento.

—¿Para qué?

—¿Por qué piensas que no puedo ayudarte nunca en nada?

—¿¡Qué pienso!? —dijo, aventando la pluma—. Lo que pienso es que no puedo vivir sin ti. Tú me ayudas en todo, absolutamente en todo, y tú eres quien lo hace todo. ¡Qué ideas se te ocurren! —se rio—. Sólo vivo por ti. Me parece que todo sucede sólo porque tú estás aquí, porque tú necesitas...

—Sí, ya lo sé, soy una niña encantadora a la que hay que tranquilizar —dije con un tono tal que él me miró sorprendido, como si me mirara por primera vez—. No quiero tranquilidad; me basta con la que hay en ti, me basta y me sobra —añadí.

—Vaya. ¿Sabes qué fue lo que pasó? —comenzó a decir con prisa, interrumpiéndome, como si tuviera miedo de dejar que lo soltara todo—. A ver qué opinas.

—Ahora no quiero saberlo —respondí. A pesar de que tenía ganas de oírlo, era muy placentero para mí destruir su tranquilidad—. No quiero jugar a la vida, quiero vivir —dije— igual que tú.

En su rostro, en el que todo se reflejaba con enorme rapidez y vivacidad, aparecieron el dolor y una atención concentrada.

—Quiero vivir exactamente como tú, contigo...

Pero no pude terminar la frase: una gran tristeza, una tristeza profunda se dibujó en su rostro. Permaneció unos momentos en silencio.

—¿Y en qué no vives exactamente como yo? —preguntó—. En que yo, y no tú, tengo que entenderme con el intendente y con los campesinos borrachos...

—No sólo en eso —dije.

—Por el amor de Dios, entiéndeme, querida —continuó. Yo sé que la angustia siempre genera dolor; he vivido y me he percatado de ello. Te amo y, por lo tanto, no puedo no desear liberarte de la angustia. En eso consiste mi vida, en el amor que siento por ti: es decir, no me impidas vivir.

—¡Siempre tienes que tener razón! —dije sin mirarlo.

Me molestaba que de nuevo todo en su alma estuviese claro y sereno, cuando en mí lo que había era despecho y una sensación parecida al arrepentimiento.

—¡Masha! ¿Qué te ocurre? —preguntó—. No se trata de quién tiene razón, tú o yo, sino de algo totalmente distinto: ¿qué tienes contra mí? No me respondas de inmediato, piénsalo, y luego dime lo que hayas pensado. No estás contenta conmigo, y seguramente tienes razón, pero déjame entender en qué me he equivocado.

Pero ¿cómo podía contarle lo que tenía en el alma? Que me hubiera entendido sin la menor dificultad, que de nuevo fuera una niña pequeña frente a él, que no pudiera hacer nada que él no entendiera ni previera, me inquietaba aún más.

—No tengo nada contra ti —dije—. Lo único que pasa es que me aburro y me gustaría no aburrirme. Pero tú dices que así hay que vivir y, como siempre, tienes razón.

Dije esto y lo miré. Había conseguido mi objetivo. Su tranquilidad había desaparecido, su rostro denotaba miedo y dolor.

—Masha —comenzó a decir con una voz muy queda y alterada—, lo que estamos haciendo en este momento no es una broma. Se está decidiendo nuestro destino. Te pido que no me respondas nada y que me escuches. ¿Por qué quieres atormentarme?

Pero yo lo interrumpí.

—Ya sé que volverás a tener la razón. Mejor no hables, tienes razón —dije fríamente, como si no fuera yo sino un espíritu maligno el que estuviera hablando por mí.

—¡Si supieras lo que estás haciendo! —dijo con una voz que se quebraba.

Me eché a llorar y eso me alivió. Él estaba sentado a mi lado y guardaba silencio. Sentía compasión por él, y vergüenza de mí, y me afligía haber hecho lo que acababa de hacer. No lo miraba. Me parecía que en ese momento cualquier mirada que me dirigiera no podía ser sino severa o perpleja. Lo vi: una mirada dulce, tierna, como pidiendo perdón estaba puesta en mí. Lo tomé de la mano y le dije:

—¡Perdóname! No sé lo que he dicho.

—Bueno, pero yo sí sé lo que has dicho, y has dicho la verdad.

—¿Qué? —pregunté.

—Que debemos mudarnos a Petersburgo —dijo—. Aquí ya no tenemos nada que hacer.

—Como quieras —dije.

Me abrazó y me besó.

—Perdóname —dijo—. Soy culpable frente a ti.

Esa tarde toqué largo rato el piano para él; él caminaba por la habitación y susurraba algo. Tenía la costumbre de musitar, y yo a menudo le preguntaba qué estaba susurrando, y él siempre, tras pensarlo un momento, me lo decía: la mayor parte de las veces eran poesías, y de tanto en tanto era algo terriblemente absurdo, tan, tan absurdo que me ayudaba a saber el talante de su alma.

—¿Qué estás susurrando ahora? —le pregunté.

Se detuvo, lo pensó y, sonriendo, me respondió con dos versos de Lérmontov:

… Y él, demente, tormenta pide,

como si en la tormenta hubiese paz.

«No, es más que un hombre; ¡lo sabe todo! —pensé—. ¿Acaso es posible no amarlo?».

Me levanté, lo tomé de la mano y me puse a caminar con él, intentando que nuestros pies fuesen al compás.

—¿Sí? —me preguntó, sonriendo y mirándome.

—Sí —dije yo en voz muy baja. Y de pronto nos llenamos de buen humor; nuestros ojos reían, y nuestros pasos se hacían cada vez más, y andábamos de puntillas cada vez más. Y al ritmo de ese mismo paso, para gran indignación de Grigori y sorpresa de mamá, que estaba jugando un solitario en la sala, atravesamos todas las habitaciones hasta llegar al comedor y allí nos detuvimos, nos miramos y nos echamos a reír.

Al cabo de dos semanas, la víspera de un día festivo, estábamos en Petersburgo.

VII

Nuestro viaje a Petersburgo, la semana que pasamos en Moscú, sus parientes y los míos, nuestra instalación en el nuevo apartamento, el camino, las nuevas ciudades, los rostros, todo transcurrió como en un sueño. Todo era tan distinto, tan novedoso, tan divertido, todo era tan cálido y estaba tan nítidamente iluminado por su presencia y su amor que la apacible vida en la aldea me pareció algo muy lejano e insignificante. Para mi gran sorpresa, en vez de la soberbia y la frialdad mundanas que yo esperaba encontrar en la gente, fui recibida con una ternura y una alegría tan sinceras (no sólo por parte de los parientes, también de los desconocidos) que parecía que sólo pensaran en mí, que sólo me hubieran estado esperando a mí para sentirse bien ellos. Lo mismo pasaba, también para sorpresa mía, en el círculo social que a mí me parecía el mejor. Mi marido trabó muchas nuevas relaciones, de las que nunca me hablaba, y con frecuencia me resultaba extraño y desagradable oír la severidad de sus juicios sobre algunas de esas personas que a mí me parecían tan buenas. No podía entender por qué su trato con ellos era tan seco, ni por qué intentaba evitar que yo entrara en contacto con muchas personas cuya amistad me parecía halagüeña. Yo creía que cuanta más gente buena se conozca, mejor, y toda esa gente era buena.

—Quiero que sepas cómo será nuestra vida en la ciudad —dijo antes de que dejáramos la aldea—. Aquí somos pequeños acaudalados, pero allá seremos muy pobres; por lo tanto, no podremos quedarnos sino hasta la Semana Santa, y no podremos hacer vida social o nos enredaremos; además, es algo que no me gustaría para ti...

—¿Qué falta me hace la vida social? —respondí—. Sólo iremos al teatro, visitaremos a nuestros parientes, escucharemos alguna ópera y algo de buena música y antes de Semana Santa estaremos de regreso en la aldea.

Pero en cuanto llegamos a Petersburgo, nuestros planes cayeron en el olvido. Me encontré de pronto en un mundo tan nuevo, tan dichoso, tantas alegrías me embargaron el ánimo y tantos nuevos intereses surgieron frente a mí que de inmediato, aunque inconscientemente, repudié mi pasado y me retracté de los planes hechos en ese pasado. «Hasta ahora todo había sido así, como un poco en broma; la vida verdadera no había comenzado todavía, pero ¡hela aquí! ¡Y lo que falta!», pensaba yo. El desasosiego y ese principio de melancolía que tanto me habían inquietado en la aldea, de pronto, como por arte de magia, se desvanecieron. El amor por mi marido se hizo más sereno y no se me ocurría pensar que pudiese quererme menos. Tampoco podía dudar de su amor: cualquier pensamiento que yo tuviera, él lo comprendía de inmediato, cualquier sentimiento lo compartía, cualquier deseo lo cumplía. Su impasibilidad, o bien desapareció, o bien ya no me causaba irritación. Además, yo sentía que él, amén del amor que me profesaba, aquí se complacía mirándome. Cuando después de alguna visita o tras haber entablado alguna nueva relación o luego de alguna velada en nuestra casa durante la cual, temblando de miedo de cometer un error, cumplía yo la función de ama de casa, él decía: «¡Ah, jovencita! ¡Espléndido! ¡No te sientas incómoda! ¡Lo has hecho muy bien, de verdad!», y yo no podía ser más feliz. Poco tiempo después de nuestra llegada a la ciudad le escribió una carta a su madre y cuando me llamó para que yo también la firmara, no quería que leyera lo que había escrito. La consecuencia natural fue exigirle que me permitiera leerla y, finalmente, la leí. «No reconocería usted a Masha —escribía—; yo mismo no la reconozco. ¿De dónde ha salido esta seguridad en sí misma tan llena de salero y de gracia, esta afabilidad, incluso esta mente mundana y esta amabilidad? Y todo se le da con sencillez, donaire y finura. Todos están fascinados con ella y yo mismo no me canso de admirarla, y si fuese posible, la querría aún más».

«¡Vaya! ¡Conque así soy!», pensé. Y qué feliz y qué bien me sentí; incluso llegué a creer que lo amaba más todavía. El éxito del que yo gozaba entre todos nuestros conocidos era para mí totalmente inesperado. Por todos lados me llegaba que en tal sitio le había yo gustado especialmente a un señor, que en tal otro una señora había perdido la cabeza conmigo, alguien me decía que en todo Petersburgo no había una mujer como yo, alguien más me aseguraba que me bastaba con desearlo para ser la mujer más refinada de la sociedad. Pero sobre todo era la prima de mi marido, la princesa D., una mujer de mundo ya entrada en años que de buenas a primeras se enamoró de mí, la que más que nadie solía decirme cosas tan halagadoras que la cabeza me daba vueltas. Cuando por primera vez esa prima me invitó a ir a un baile y se lo pidió a mi marido, él se volvió hacia mí y, de manera apenas perceptible, sonriendo con picardía, me preguntó si quería ir. Yo hice un movimiento afirmativo con la cabeza y sentí que me ruborizaba.

—Confiesa que le gustaría ir como si se tratara de un crimen —dijo él riendo con bondad.

—Porque tú dijiste que no podríamos hacer vida social y, además, sé que a ti no te gusta —respondí yo, con una sonrisa y mirándolo con ojos suplicantes.

—Si tienes muchas ganas, iremos —dijo.

—No, mejor no.

—Tienes ganas, ¿muchas? —volvió a preguntar.

Yo no respondí.

—La vida social no es el mayor de los males —continuó—. Lo que es feo y malo son los deseos irrealizables que esa vida mundana despierta. Hay que ir, no cabe duda, e iremos —concluyó, decidido.

—Si he de decirte la verdad —dije—, nada me gustaría tanto en el mundo como asistir a ese baile.

Fuimos, y el placer que experimenté superó todas mis expectativas. En el baile, de manera más viva que antes, tuve la sensación de ser el centro alrededor del que todo giraba. Sentía que el gran salón había sido iluminado sólo para mí, que la música sonaba para mí y que esa multitud de gente ahí reunida se extasiaba sólo conmigo. Parecía que todos, desde el peluquero y la camarera hasta los bailarines y los ancianos, todos los que pasaban por el salón se dirigieran a mí haciéndome sentir que me querían. La opinión general que de mí se formó en ese baile y de la que me enteré por la prima fue que no me parecía en nada a las otras mujeres, que en mí había algo especial, provinciano, sencillo y encantador. Este éxito me halagó hasta tal punto que con toda franqueza le dije a mi marido lo mucho que me gustaría asistir a lo largo del año a dos o tres bailes más «para quedar bien satisfecha de ellos», añadí, en contra de lo que me dictaba la conciencia.

Mi marido aceptó de buen grado y al principio me acompañaba con gusto, se alegraba de mis éxitos y parecía haber olvidado o, quizá, haberse retractado de lo que había dicho antes.

Sin embargo, poco a poco, tal era mi impresión, comenzó a aburrirse y a sentirse cansado de la vida que llevábamos. Pero yo ya no tenía tiempo para ocuparme de ello, y si de vez en cuando me percataba de su mirada atenta y grave dirigida a mí, no intentaba desentrañar su significado. Estaba tan ofuscada por ese súbito amor que por mí se había despertado de pronto en tanta gente extraña, por ese aire de elegancia, de placer y novedad que ahora respiraba por primera vez, había desaparecido tan repentinamente esa su influencia moral que tanto me oprimía, y me resultaba tan agradable en este nuevo mundo no sólo ponerme a su altura sino situarme por encima de él y de ese modo amarlo más y de forma más independiente que antes, que no lograba entender qué era aquello, tan dañino para mí, que él veía en la vida social. Yo experimentaba un nuevo sentimiento de orgullo y vanidad cada vez que, al entrar en un baile, todos los ojos se dirigían a mí, y él, como avergonzándose de reconocer frente a la multitud que yo le pertenecía, se apresuraba a dejarme y se perdía en medio de la negra multitud de fracs. «¡Espera! —pensaba yo con frecuencia, buscando con los ojos al final del salón esa figura suya que no destacaba y que a veces parecía mortificada—, ¡espera!; cuando volvamos a casa verás y comprenderás para quién quise estar tan elegante y tan bonita, y qué es lo que amo de todo lo que esta noche me rodea». Creía sinceramente que mis éxitos me alegraban únicamente por él, únicamente para él, para poder sacrificárselos a él. Lo único por lo que la vida social podría ser dañina para mí, pensaba, era por la eventualidad de que llegara a sentirme atraída por alguna de las personas con las que me cruzaba y que mi marido sintiera celos;

pero él tenía tanta confianza en mí, parecía tan tranquilo y tan indiferente, que todos los jóvenes me parecían insignificantes comparados con él, de modo que el único peligro, en mi opinión, que podía entrañar la vida social para mí acababa por no parecerme terrible. Sin embargo, el galanteo de muchas personas con las que me cruzaba yo en los actos sociales me producía placer, halagaba mi vanidad y me obligaba a pensar que había cierto mérito en el amor que sentía por mi marido, haciendo que mi trato con él fuese más seguro y, tal vez, más descuidado.

—No creas que no me di cuenta de qué manera tan animada estuviste conversando con N. N. —le dije en una ocasión al volver de un baile, amenazándolo con un dedo y pronunciando el nombre de una conocida dama de San Petersburgo con la que él, efectivamente, había estado conversando esa noche. Lo dije para sacudirlo; estaba especialmente callado y aburrido.

—¿Qué sentido tiene decir una cosa así? Y eres tú quien la dice, tú, Masha —dijo entre dientes y contrayendo el rostro, como si fuera presa de un dolor físico—. ¡Esto no nos va, Masha, ni a ti ni a mí! Déjaselo a otros; esas falsas relaciones pueden acabar con nuestras verdaderas relaciones, y yo aún tengo esperanza de que las verdaderas vuelvan.

Sentí vergüenza y guardé silencio.

—¿Volverán, Masha? ¿Qué crees tú? —preguntó.

—No se han estropeado ni se estropearán —dije, y en ese momento lo creía así.

—Ojalá —pronunció—. De otra manera, ya iría siendo hora de volver a la aldea.

Pero esto sólo me lo dijo una vez. El resto del tiempo tenía la impresión de que disfrutaba tanto como yo, y eso me hacía sentir contenta y feliz. «Quizás a veces se aburra —me decía para consolarme—, pero yo ya me aburrí lo mío por él en la aldea»; y si nuestras relaciones habían cambiado un poco, todo volvería a ser como antes en cuanto en verano nos quedáramos solos con Tatiana Semiónovna en nuestra casa de Nikólskoe.

El invierno transcurrió sin que me percatara, y nosotros, a pesar de nuestros planes, incluso la Semana Santa la pasamos en Petersburgo. La primera semana después de la Pascua, la de Santo Tomás, cuando ya nos disponíamos a marchar, cuando ya todo estaba empacado y mi marido, tras haber comprado regalos, diversos objetos y flores para la vida en la aldea, se hallaba en una disposición de ánimo particularmente alegre y cariñosa, llegó la prima a visitarnos y nos pidió que nos quedáramos hasta el sábado para poder asistir a la recepción que ofrecía la condesa R. Nos dijo que la condesa me invitaba muy especialmente, que el príncipe M., que se encontraba en

Petersburgo, se había quedado con ganas de conocerme desde el baile anterior, que sólo para esto iría a la recepción, y que, además, decía que yo era la mujer más bonita de Rusia. Toda la ciudad asistiría y, en una palabra, estaría pésimamente mal que yo no fuera.

Mi marido estaba al otro lado de la sala conversando con alguien.

—¿Qué me dice, Marie, irá? —preguntó la prima.

—Teníamos planeado volver a la aldea pasado mañana —respondí indecisa, y miré a mi marido. Nuestros ojos se encontraron, pero él rápidamente desvió la vista.

—Lo convenceré para que se queden —dijo la prima—, y el sábado iremos a marearlos a todos. ¿Sí?

—Esto destruiría nuestros planes, y ya hemos hecho las maletas —dije, comenzando a ceder.

—¿Y por qué no va esta misma noche a hacerle una reverencia al príncipe? —espetó mi marido desde el lado opuesto de la sala con un tono de irritación y enojo que yo no le había oído hasta entonces.

—¡Vaya! Está celoso, es la primera vez que lo veo —rio la prima—. No es por el príncipe que trato de convencerla, Serguéi Mijáilich, sino por todos nosotros. ¡No se imagina cuánto ha pedido la condesa R. que asista!

—Depende únicamente de ella —comentó gélido mi marido, y salió.

Vi que estaba más alterado que de costumbre; eso me atormentaba y no le prometí nada a la prima. En cuanto ella se despidió fui hasta donde estaba mi marido. Él iba de un lado a otro pensativo, y ni me vio ni me oyó cuando entré de puntillas en la habitación.

«Sueña con la apacible casa de Nikólskoe —pensé cuando lo vi—, con el café de la mañana en la sala luminosa, con sus campos y sus campesinos, con las tardes en la pieza de los divanes, y nuestras cenas a escondidas más allá de la medianoche. ¡No! —decidí para mí misma—. Todos los bailes del mundo, todas las lisonjas de todos los príncipes del universo no valen su gozoso desconcierto ni su tierno cariño». Y quise decirle que no iría a la recepción, que no quería ir, cuando de pronto se volvió y, al verme, frunció el ceño y la expresión dulce y pensativa de su rostro cambió. De nuevo, la sagacidad, la cordura y la entereza paternal aparecieron en su mirada. No quería que yo lo viera como una persona sencilla; necesitaba erguirse frente a mí como un dios en un pedestal.

—¿Qué ocurre, querida? —preguntó, y se volvió hacia mí con negligencia y tranquilidad.

No respondí. Me dolía que buscara ocultarse de mí, que no siguiera siendo tal y como yo lo amaba.

—¿Quieres ir el sábado a la recepción? —preguntó.

—Quería —respondí—, pero sé que a ti no te agradan esas cosas. Además, ya están hechas las maletas —añadí.

Nunca antes me había mirado con tanta frialdad, nunca antes me había hablado con tanta frialdad.

—No me iré antes del martes y ordenaré que deshagan el equipaje —dijo —; por lo tanto, puedes ir, ya que eso es lo que quieres. Hazme el favor, ve. No me iré.

Como siempre que estaba alterado, se puso a pasear de forma irregular por la habitación sin mirarme.

—Decididamente no te entiendo —dije sin moverme y siguiéndolo con los ojos—. Dices que siempre estás tranquilo —jamás lo había dicho—. ¿Por qué hablas de esa forma tan extraña conmigo? ¡Por ti estoy dispuesta a sacrificar este gusto y tú me hablas como con ironía, como nunca antes lo habías hecho, y encima me exiges que vaya!

—¡Vaya, vaya! Tú sacrificas —puso un acento especial en esa palabra— y yo sacrifico. ¿Acaso puede haber algo mejor? Una lucha de generosidades. ¿No es eso la felicidad conyugal?

Nunca antes lo había oído pronunciar unas palabras tan encarnizadamente burlonas como esas. Pero su burla, en vez de hacerme sentir avergonzada, me ofendía, y su encarnizamiento en vez de asustarme, se me contagiaba. ¿Era él, una persona siempre temerosa de las frases que tuvieran que ver con nosotros, una persona siempre sincera y sencilla, era él quien pronunciaba esas palabras? ¿Y por qué? Porque yo quería, honestamente, sacrificar por él un gusto en el que no veía nada malo, y porque apenas un minuto antes de todo aquello yo lo había entendido y amado tanto. Nuestros papeles se invirtieron: él evitaba las palabras directas y sencillas; yo las buscaba.

—Has cambiado mucho —dije suspirando—. ¿De qué soy culpable frente a ti? Si no hubiese sido la recepción, habría sido otra cosa, algo hay en tu corazón, y desde hace tiempo, contra mí. ¿Qué sentido tiene la falta de sinceridad? Antes tú mismo la temías. Dímelo directamente: ¿qué tienes contra mí?

«Algo dirá», pensaba yo recordando, ufana, que en todo el invierno no había habido nada que pudiera reprocharme.

Me coloqué en el centro de la habitación de manera que él tuviese que pasar cerca de mí, y lo seguí con la mirada. «Se me acercará, me abrazará, y ahí acabará el problema», pensé, e incluso lamenté que no hubiera necesidad de demostrarle lo equivocado que estaba. Pero él se detuvo al fondo de la habitación y me miró.

—¿Sigues sin entender? —dijo.

—Sí.

—Pues entonces te lo diré. Me resulta repugnante, por primera vez me resulta repugnante lo que siento y no puedo dejar de sentir. —Se detuvo, al parecer, asustado por el brusco sonido de su voz.

—¿Qué pasa? —pregunté con lágrimas de indignación en los ojos.

—Me resulta repugnante que un príncipe te haya encontrado bonita y que por eso corras a su encuentro, olvidándote de tu marido, de ti misma y de la dignidad de la mujer, y que no quieras entender lo que está obligado a sentir por ti tu marido, ya que en ti no existe el sentimiento de dignidad. Al contrario, vienes a decirle a tu marido que «haces un sacrificio», es decir, «mostrarme ante Su Excelencia es para mí una felicidad mayor, pero la sacrifico».

Cuanto más hablaba, más lo exacerbaban los sonidos de su propia voz, y esa voz sonaba venenosa, cruel y brutal. Nunca lo había visto, ni había imaginado verlo así; se me agolpó la sangre en el pecho, tuve miedo, pero al mismo tiempo la sensación de vergüenza inmerecida y de amor propio agraviado me alteraba y tuve ganas de vengarme de él.

—Hace mucho que esperaba esto —dije—. Habla, habla…

—No sé lo que esperabas —continuó—, pero yo podía esperar lo peor al verte día a día en esta mugre, en este ocio, en el lujo de una sociedad estúpida; y ha llegado… Ha llegado el momento en que siento una vergüenza y un dolor como no había sentido nunca; dolor por mí cuando tu amiga, con sus manos sucias, se introduce en mi corazón y habla de celos, de los celos que yo siento, ¿por quién? Por una persona a la que ni tú ni yo conocemos. Y tú, como ex profeso, insistes en no entenderme y pretendes sacrificarme ¿qué?… Y vergüenza por ti, ¡me avergüenza tu humillación!… ¡Sacrificio! —repitió.

«¡Vaya!, ahí está, ese es el poder del marido —pensé—. Ofender y humillar a la mujer que no es culpable de nada. Ahí está, esos son los derechos del marido, pero yo no me someteré».

—No, no sacrificaré nada por ti —dije, sintiendo de qué manera tan poco natural se me ensanchaban las aletas de la nariz y la sangre abandonaba mi cara—. El sábado iré a la recepción; iré pase lo que pase.

—Y ojalá te diviertas, pero entre nosotros todo se acabó —gritó en un arrebato de locura incontenible—. Ya no me torturarás más. Fui un estúpido al… —empezó de nuevo, pero sus labios se pusieron a temblar y, haciendo evidentemente un esfuerzo, se contuvo para no terminar la frase que había comenzado.

Tuve miedo y lo odié en ese momento. Quería decirle muchas cosas y vengarme de todas las ofensas; pero si hubiese abierto la boca me habría echado a llorar y eso habría sido mi ruina frente a él. Salí de la habitación en silencio. Pero en cuanto dejé de oír sus pasos, me aterró lo que habíamos hecho. Me aterró que fuera a romperse para siempre esta relación que era toda mi felicidad, y quise volver. «¿Se habrá tranquilizado lo suficiente para entenderme cuando en silencio le tienda la mano y lo mire? —pensé—. ¿Comprenderá mi generosidad? ¿Y qué si llama hipocresía a mi sufrimiento? ¿O si con la conciencia de estar en lo correcto, arrogante y tranquilo, acepta mi arrepentimiento y me perdona? ¿Y por qué, por qué él, a quien tanto he amado, me ha ofendido de esta manera?…».

No fui a su habitación; me recogí en la mía, donde estuve largo rato sentada sola llorando, recordando con terror cada una de las palabras de la conversación que habíamos tenido, cambiando unas por otras, añadiendo nuevas palabras, palabras buenas, y otra vez recordando con terror y con una sensación de ofensa lo que había ocurrido. Cuando a media tarde salí para tomar el té y delante de S., que estaba en casa, me encontré con mi marido, sentí que todo un abismo se había abierto entre nosotros. S. me preguntó cuándo nos iríamos a la aldea. No tuve tiempo de responder.

—El martes —respondió mi marido—, pues aún tenemos que ir a la recepción de la condesa R. Porque vas a ir, ¿no es cierto? —se dirigió a mí.

Me asustó el sonido de esa voz sencilla y miré tímidamente a mi marido. Sus ojos estaban puestos en mí. Su mirada era feroz y burlona; su voz, uniforme y fría.

—Sí —respondí.

Por la noche, cuando nos quedamos a solas, se me acercó y me tendió la mano.

—Olvida, por favor, cuanto te dije —me pidió.

Yo tomé su mano; una sonrisa temblorosa se esbozó en mi cara, y las lágrimas estaban a punto de derramarse de mis ojos, cuando él retiró su mano y, como temiendo una escena sensiblera, se sentó en un sillón bastante alejado de mí. «¿Será posible que siga creyendo que tiene razón?», pensé, y toda la explicación que había preparado, junto con la súplica de no ir a la recepción, se me quedaron en la punta de la lengua.

—Hay que escribirle a mamá que hemos retrasado la salida —dijo—, para que no se preocupe.

—¿Y cuándo tienes pensado que nos vayamos? —pregunté.

—El martes, al salir de la recepción —respondió.

—Espero que no lo hagas por mí —dije, mirándolo a los ojos. Pero sus ojos sólo miraban, no expresaban nada, como si algo los hubiese velado. De pronto su rostro me pareció viejo y desagradable.

Fuimos a la recepción, y parecía que entre nosotros de nuevo hubiese una buena relación amistosa, benevolente; pero era una relación sumamente distinta de como había sido.

En la recepción, me hallaba yo sentada entre las damas cuando el príncipe se me acercó, de modo que tuve que levantarme para hablar con él. Mientras me levantaba, busqué con los ojos a mi marido y vi que me miraba desde el otro extremo del salón; me dio la espalda. De pronto fui presa de tanta vergüenza y tanto dolor que me sentí enfermizamente desconcertada, y mi cara y mi cuello se ruborizaron ante la mirada del príncipe. Pero no tenía más remedio que seguir ahí, de pie, oyendo lo que él me decía mientras me miraba desde arriba. Nuestra conversación no duró mucho; no tenía donde sentarse a mi lado y también, seguramente, percibió que me sentía muy incómoda con él. La conversación versó sobre el baile anterior, sobre dónde transcurrían mis veranos, etcétera. Al despedirse de mí, manifestó su deseo de conocer a mi marido, y luego vi cómo en el otro extremo del salón se encontraron y estuvieron conversando. El príncipe, seguramente, debió de comentarle algo a propósito de mí porque en plena charla, sonriendo, miró hacia donde yo estaba.

Mi marido de pronto se encendió, hizo una profunda reverencia y se alejó del príncipe. Yo también me ruboricé; me avergonzaba la idea que el príncipe pudiera hacerse de mí y sobre todo de mi marido. Me pareció que todo el mundo se había dado cuenta de mi embarazosa timidez cuando hablaba con el príncipe, que se habían percatado de su curioso proceder; Dios sabe cómo podrían explicarlo: ¿estarían enterados de la conversación entre mi marido y yo? La prima me llevó de regreso a casa, y por el camino hablamos de mi marido. No me aguanté y le conté todo lo que esta desgraciada recepción había provocado entre nosotros. Ella me tranquilizó diciendo que se trataba de una riña común y corriente, sin importancia, y que no dejaría huella alguna; me explicó, desde su punto de vista, el carácter de mi marido, y encontró que últimamente se había vuelto muy poco comunicativo y orgulloso; yo estuve de acuerdo con ella, y me pareció que había comenzado a entenderlo con más serenidad y mejor.

Pero después, cuando nos quedamos solos él y yo, el juicio que le habíamos hecho me punzaba en la conciencia como un crimen y sentía que el abismo que nos separaba se había hecho más hondo.

VIII

A partir de entonces nuestra vida cambió radicalmente, y también cambiaron nuestras relaciones. Ya no estábamos tan bien a solas como antes. Había cuestiones que evitábamos, y nos era más fácil hablar cuando había una tercera persona con nosotros que cuando estábamos frente a frente. En cuanto la conversación versaba sobre la vida en la aldea o sobre algún baile, era como si un tropel de chiquillos se nos pusiera a correr en plenos ojos y nos resultara incómodo mirarnos. Como si los dos sintiéramos dónde estaba el abismo que nos separaba y tuviésemos miedo de acercarnos a él. Yo estaba convencida de que él era orgulloso y explosivo y que había que tener cuidado para no rozar sus puntos débiles. Él estaba seguro de que yo no podía renunciar a la vida social, de que la aldea no era lo mío y que no quedaba más remedio que resignarse a este malhadado gusto. Y ambos evitábamos las conversaciones directas a propósito de estas cuestiones, y ambos nos juzgábamos erróneamente. Hacía mucho tiempo que habíamos dejado de ser el uno para el otro los únicos seres en el mundo, y nos comparábamos con otros y en secreto nos juzgábamos el uno al otro. Yo me puse enferma antes de la partida, y en vez de ir a la aldea, fuimos a la dacha, desde donde mi marido decidió ir a visitar a su madre. Para ese momento yo ya estaba lo suficientemente repuesta y habría podido acompañarlo, pero él me convenció de que me quedara, arguyendo que temía por mi salud. Yo sentí que no era mi salud por lo que temía; tenía miedo de que nos encontráramos mal en la aldea; no insistí demasiado y me quedé. Sin él me sentía vacía, sola, pero cuando volvió me di cuenta de que ya no le daba a mi vida lo que antes le había dado. Nuestra relación anterior, cuando todo pensamiento o impresión que no le comunicara me atormentaba como un crimen, cuando cada una de sus acciones, cada una de sus palabras me parecía un modelo de perfección, cuando de pura alegría teníamos ganas de reír por cualquier cosa al mirarnos, esa relación se había ido transformando en otra de manera tan imperceptible que ni siquiera nos dimos cuenta de que había dejado de existir. Para cada uno de nosotros fueron surgiendo nuevos intereses, nuevas preocupaciones propias que ya no intentábamos hacer comunes. Dejó de inquietarnos que cada uno de nosotros tuviese un mundo propio, ajeno al mundo del otro. Nos hicimos a esa idea, y antes incluso de un año el tropel de chiquillos había dejado de corrernos en los ojos cuando nos mirábamos. Desaparecieron definitivamente sus accesos de alegría conmigo, sus niñerías; desapareció también su eterno perdón y su indiferencia por todo, eso que antes tanto me había molestado. Tampoco volvió a aparecer su mirada profunda que antes me desconcertaba y me alegraba; desaparecieron las plegarias juntos, los éxtasis compartidos, e incluso nos veíamos con poca frecuencia: él siempre estaba de viaje y ni se inquietaba ni se afligía por dejarme sola; yo llevaba una vida social muy intensa en la que él no me hacía falta.

Dejaron de producirse escenas y riñas entre nosotros; yo intentaba no contrariarlo, él cumplía mis deseos, y parecía que nos amáramos.

Cuando nos quedábamos a solas, lo que ocurría rara vez, no experimentaba con él ni alegría ni inquietud, ni turbación o desconcierto; era como si estuviera a solas conmigo misma. Yo sabía muy bien que era mi marido, y no una persona nueva, desconocida, y sabía que era un hombre bueno; era mi marido, al que conocía como a mí misma. Estaba segura de saber todo lo que haría, qué diría, cómo y qué miraría; y si de pronto él miraba o hacía algo distinto de lo que yo había imaginado, mi sensación era que se equivocaba. No esperaba nada de él. En una palabra, era mi marido y nada más. Sentía que así debía ser, que así eran todas las relaciones y que la relación entre nosotros siempre había sido de esa manera. Cuando él se ausentaba, sobre todo al principio, me sentía sola, atemorizada; sin él sentía más intensamente lo que su apoyo era para mí; cuando volvía, corría a abrazarle de alegría, aunque al cabo de dos horas esa alegría quedase olvidada y no tuviese nada de qué hablar con él. Sólo en los momentos de ternura apacible y moderada que había entre nosotros tenía la sensación de que algo no andaba bien, de que había algo que me oprimía el corazón, y creía leer lo mismo en sus ojos. Notaba ese límite de la ternura que él ahora no quería, y que yo no podía, sobrepasar. De tanto en tanto, esto me entristecía, pero no tenía tiempo para ponerme a reflexionar a propósito de nada y, mediante las diversiones que siempre estaban prontas para mí, intentaba olvidar esa tristeza generada por un cambio que apenas percibía. La vida social, que al principio me había ofuscado la razón con su brillo y los halagos a mi vanidad, pronto se enseñoreó definitivamente de mis gustos, se tornó costumbre, me puso sus grilletes y ocupó en mi alma todo el lugar disponible para los sentimientos. Ya nunca me quedaba a solas conmigo misma y temía entrar a fondo en mi situación. Todo mi tiempo, desde avanzada la mañana hasta avanzada la noche, estaba ocupado y no me pertenecía, aun si no iba yo a ningún lado. Ya no era ni divertido ni aburrido; simplemente me parecía que así, y no de otra manera, tenía que ser.

Así transcurrieron tres años, durante los cuales nuestras relaciones permanecieron intactas, como si se hubiesen detenido, como si se hubiesen congelado y no pudieran ni mejorar ni empeorar. Durante esos tres años, en nuestra vida familiar acaecieron dos sucesos importantes, pero ninguno de los dos modificó nuestra vida. Uno fue el nacimiento de mi primer hijo, y el otro la muerte de Tatiana Semiónovna. Al principio, el instinto maternal se apoderó de mí con tanta fuerza y me produjo un entusiasmo tan grande que pensé que una nueva vida comenzaría para mí; pero al cabo de dos meses, cuando empecé a salir de nuevo, esa sensación, que cada vez se reducía más, acabó por convertirse en un hábito y en el frío cumplimiento de la responsabilidad. Mi marido, por el contrario, a partir del momento en que nació nuestro primer hijo volvió a ser el mismo, un dulce y apacible hombre casero, y toda su ternura y su alegría de antaño las volcó en el bebé. A menudo cuando, ya vestida de baile, entraba en el cuarto del niño para darle la bendición antes de dormir y encontraba ahí a mi marido, notaba algo como una mirada de reproche atenta y severa dirigida a mí, y me sentía avergonzada. Por momentos me horrorizaba mi indiferencia por el crío y me preguntaba: «¿Seré peor que las otras mujeres? ¿Qué puedo hacer? —pensaba—. Quiero a mi hijo, pero soy incapaz de encerrarme con él los días enteros, me aburro; y no estoy dispuesta a fingir por nada del mundo». La muerte de su madre le produjo un dolor muy grande; le resultaba terriblemente difícil, según decía, seguir viviendo en Nikólskoe ahora que ella ya no estaba, y aunque yo lo compadecía y compartía el dolor con mi marido, ahora me sentía mucho más contenta y más tranquila en la aldea. Los últimos tres años pasamos la mayor parte del tiempo en la ciudad; a la aldea iba yo sólo una vez cada dos meses, y el tercer año nos fuimos al extranjero.

Pasamos el verano en los balnearios.

Yo tenía entonces veintiún años; nuestra situación, pensaba, era floreciente, y de la vida familiar no exigía nada que no fuera lo que me daba. Estaba convencida de que todos mis conocidos me querían; gozaba de buena salud, mi vestuario era mejor en los balnearios, sabía que era bonita, el clima era espléndido, vivía rodeada de una atmósfera de belleza y elegancia, y me sentía francamente contenta. No como solía estarlo en Nikólskoe, cuando sentía que era feliz por mí misma, que era feliz porque había merecido esa felicidad, que mi felicidad era enorme, pero que podía ser más grande todavía, cuando siempre quería más y más felicidad. Era distinto; pero ese verano me sentí bien. No quería nada, no esperaba nada, no tenía miedo de nada, y mi vida, creía yo, era plena, y mi conciencia, pensaba, estaba en paz. De entre todos los galanes de esa temporada no había uno solo que a mis ojos se distinguiera de los demás por algo, ni siquiera del viejo príncipe K., nuestro embajador, que me cortejaba. Uno era joven, el otro viejo, el tercero un inglés de tez muy blanca, el otro un francés con perilla, y todos me daban igual, pero todos me resultaban indispensables. Todos eran personajes igualmente indistintos, pero capaces de crear una atmósfera alegre en la vida que me circundaba. Sólo uno de ellos, un italiano, el marqués D., me llamaba la atención más que los otros por su osadía en la admiración que demostraba por mí. No perdía oportunidad de estar conmigo, bailar, montar a caballo, reunirse conmigo en el casino, etcétera, y decirme que era bonita. A veces lo veía desde las ventanas de nuestra casa, y con frecuencia la mirada fija de sus ojos brillantes hacía que me sonrojara y tuviera que mirar alrededor. Era joven, guapo, elegante y, sobre todo, se parecía a mi marido en la sonrisa y en la expresión de la frente, aunque era mucho mejor que él. Me sorprendió este parecido, aunque, en vez del encanto de la expresión de bondad y serenidad ideal que tenía mi marido, en sus labios, su mirada y su larga barbilla había algo torvo, animal. Yo suponía entonces que me amaba apasionadamente, y en ocasiones pensaba en él con una especie de arrogante condolencia. A veces intentaba tranquilizarlo, llevarlo al tono de una apacible confianza semiamistosa, pero él rechazaba violentamente estas tentativas y continuaba haciéndome sentir desagradablemente incómoda con esa pasión contenida que siempre parecía a punto de desbordarse. Aunque yo no me lo confesaba, le tenía miedo y, contra mi voluntad, pensaba con frecuencia en él. Mi marido lo conocía, y con él, más que con otros de nuestros conocidos para los que él era sólo el marido de su esposa, se mostraba frío y altanero. Al final de la temporada caí enferma y durante dos semanas me quedé en casa. Cuando por primera vez después de la enfermedad salí por la noche a oír música, me enteré de que durante mi ausencia había llegado la muy esperada y afamada por su belleza lady S. Se formó un corro a mi alrededor y fui recibida con alegría, pero un corro mejor se había formado alrededor de aquella loba recién llegada. No se hablaba más que de ella y de su belleza. Me la mostraron y, en realidad, era encantadora, pero me sorprendió desagradablemente la insolencia de su rostro, y lo dije. Aquella noche todo lo que antes me parecía divertido me resultó aburrido. Al día siguiente lady S. organizó una visita al castillo, a la que yo no quise ir. Casi nadie se quedó conmigo, y a mis ojos todo cambió de manera radical. Todo y todos me parecieron tontos y sosos, tuve ganas de llorar, de terminar cuanto antes el tratamiento y volver a Rusia. En mi alma había un mal presagio, pero no me atrevía aún a confesármelo. Dije que me sentía débil y dejé de mostrarme en la alta sociedad; únicamente por las mañanas salía sola de vez en cuando a beber las aguas, o daba alguna vuelta por los alrededores con L. M., una conocida rusa. Mi marido no estaba; se había marchado unos cuantos días a Heidelberg en espera de que terminara mi tratamiento para poder volver a Rusia, y rara vez venía a visitarme.

En una ocasión, lady S. atrajo a toda la alta sociedad de cacería, y L. M. y yo fuimos, después de comer, al castillo. Salimos en calesa a trote lento por el tortuoso camino entre castaños milenarios, a través de los cuales se abrían más y más lejos los elegantes alrededores de Baden, iluminados por los últimos rayos del sol, y nos pusimos a conversar muy seriamente, tanto como no lo habíamos hecho hasta entonces. L. M., a la que conocía desde hacía mucho tiempo, por primera vez me dio la impresión de ser una mujer buena, inteligente, con la que se podía hablar de todo y con la que era agradable tener amistad. Hablamos de la familia, de los niños, de la vacuidad de la vida de aquí; ambas añorábamos Rusia, la aldea, y de pronto nos sentimos tristes pero bien. Entramos en el castillo todavía bajo la influencia de ese grave sentimiento. Entre las murallas, la atmósfera era sombría, fría; arriba, en las ruinas, el sol retozaba, se oían pasos y voces. A través de la puerta, como si fuese un marco, podía verse el cuadro precioso, pero frío para nosotros los rusos, de Baden. Nos sentamos a descansar y a mirar en silencio la puesta de sol. Las voces se distinguieron con más nitidez, y me pareció que se mencionaba mi apellido. Puse atención y sin querer oí cada palabra. Las voces eran conocidas: la del marqués D. y la del francés, su amigo, al que yo también conocía. Hablaban de mí y de lady S. El francés me comparaba con ella y analizaba la belleza de una y de la otra. No decía nada ofensivo, pero la sangre se me agolpó en el corazón al oír sus palabras. Explicaba con lujo de detalles qué era mejor en mí y qué en lady S. Yo ya tenía un niño, y lady S. tenía diecinueve años; mi trenza era mejor, pero el talle de ella tenía más gracia; lady S. era una gran dama, mientras que «la suya —dijo— no lo es tanto, es una de esas pequeñas princesas rusas que tan a menudo aparecen ahora por aquí». Concluyó diciendo que hacía yo muy bien en no intentar competir con lady S., y que para Baden estaba definitivamente enterrada.

—La compadezco.

—Quizá quiera consolarse con usted —añadió con una risa jovial y descarnada.

—Si se va, iré tras ella —dijo zafiamente la voz con acento italiano.

—¡Mortal feliz! ¡Aún es capaz de amar! —rio el francés.

—¡Amar! —dijo la voz, y guardó silencio—. ¡Acaso es posible no amar! ¡Sin amor no hay vida! Hacer de la vida una novela es lo único que vale la pena. Y mis novelas jamás se quedan inconclusas; esta también la llevaré hasta el final.

—Bonne chance, mon ami —dijo el francés.

Después no oímos más porque dieron la vuelta en una esquina y sus pasos se oyeron al otro lado. Bajaron por la escalera y al cabo de unos minutos salieron por la puerta que había a un costado nuestro y se sorprendieron terriblemente al vernos. Yo me ruboricé cuando el marqués D. se me acercó y tuve mucho miedo cuando, al salir del castillo, me ofreció su mano. No pude rehusarla y, caminando detrás de L. M., que iba con el amigo del marqués, llegamos hasta la calesa. Me sentía ofendida por lo que el francés había dicho de mí, aunque en el fondo de mi alma me daba cuenta de que no había dicho sino lo que yo misma sentía; pero las palabras del marqués me habían sorprendido e irritado por su grosería. Me torturaba la idea de que no se sintiera intimidado, pese a que yo había oído sus palabras. Me repugnaba sentirlo tan próximo a mí; y sin verlo, sin responderle, intentaba tomar su mano de tal modo que no pudiera yo oírlo y apresuraba el paso detrás de L. M. y el francés. El marqués decía alguna cosa sobre lo bello del paisaje, sobre la inesperada felicidad de haberme encontrado y algo más, pero yo no lo escuchaba. En ese momento pensaba en mi marido, en mi hijo, en Rusia; había algo que me avergonzaba, algo que me lastimaba, algo que anhelaba y me urgía volver a casa, a mi solitaria habitación del Hôtel de Baden, para reflexionar en libertad sobre todo lo que en ese momento estaba sucediendo en mi alma. Pero L. M. iba despacio, la calesa aún estaba lejos, y mi caballero, me pareció, aminoraba obstinadamente el paso, como intentando detenerme. «¡No puede ser!», pensé, y, decidida, avivé la marcha. Pero él, no cabe duda, me retenía e incluso apretó mi mano. L. M. se perdió al dar la vuelta en el camino, y nos quedamos solos. Sentí terror.

—Disculpe —dije con frialdad, y quise liberar mi mano, pero el encaje de la manga se enganchó en uno de sus botones. Él, inclinando su pecho hacia mí, se puso a desengancharlo, y sus dedos, sin guantes, rozaron mi mano. Un sentimiento nuevo, no sé si de terror o de placer, me recorrió, gélido, la espalda. Puse mis ojos en él para, con una mirada fría, expresarle el desprecio que me infundía; pero en vez de eso, lo que mi mirada expresó fue miedo e inquietud. Sus ojos vehementes y húmedos, justo al lado de mi cara, me miraban apasionados; miraban mi cuello, mi pecho, sus dos manos tocaban mi mano por encima de la muñeca, sus labios abiertos decían algo, decían que me amaban, que yo era todo para él, y esos mismos labios se acercaban a mí, y sus manos apretaban con más fuerza las mías y me abrasaban. El fuego recorría mis venas, la vista se me nublaba, todo mi cuerpo temblaba y las palabras con las que quería detenerlo se secaban en mi garganta. De pronto sentí un beso en mi mejilla y, tiritando y congelada, me detuve y lo miré. No tenía fuerza ni para hablar ni para moverme y, aterrorizada, esperaba y anhelaba algo. Todo esto no duró sino un segundo. ¡Pero ese segundo fue terrible! Lo veía tan bien en ese momento. Entendía tan bien su rostro: esa frente baja y en declive que asomaba por debajo del sombrero de paja, parecida a la frente de mi marido, esa hermosa nariz recta con las aletas abultadas, esos largos y muy ungidos bigotes y esa perilla, esas tersas mejillas afeitadas y ese cuello bronceado. Yo lo odiaba, le tenía miedo, me era del todo ajeno; pero ¡con qué fuerza resonaron en ese momento en mí la inquietud y la pasión de ese hombre ajeno y detestado! ¡Qué irresistible era el deseo de entregarme a los besos de esa boca grosera y hermosa, a los abrazos de esas blancas manos surcadas de finas venas y anillos en los dedos! ¡Qué ganas tenía de lanzarme sin pensar en nada a ese abismo de placeres prohibidos que de pronto se abría frente a mí y me atraía!…

«Soy tan infeliz —pensé—. ¡Sea!, que se acumule más y más la infelicidad sobre mi cabeza».

Él me abrazó con una mano blanca y se inclinó hasta mi rostro. «Que se inclinen sobre mi cabeza más y más la vergüenza y el pecado».

—Je vous aime —susurró con una voz que se parecía a la voz de mi marido. Recordé a mi marido y a mi hijo como a dos personas antaño muy queridas con quienes ya no tenía nada que ver. Pero de pronto, en ese momento, desde el recodo del camino se oyó la voz de L. M. que me llamaba. Recuperé el sentido, arranqué mi mano y, sin mirarlo, casi corrí en pos de L. M. Nos sentamos en la calesa y sólo entonces lo vi. Se quitó el sombrero y preguntó algo sonriendo. Él no entendía el asco indescriptible que sentía yo por él en ese momento.

¡Mi vida me parecía tan desgraciada, el futuro tan falto de esperanzas, el pasado tan negro! L. M. hablaba conmigo, pero yo no atinaba a comprender sus palabras. Me parecía que hablaba conmigo sólo por compasión, para ocultar el desprecio que despertaba en ella. En cada una de sus palabras, en cada una de sus miradas creía ver ese desprecio y esa compasión insultante. El beso de la deshonra me abrasaba la mejilla, y me resultaba insoportable pensar en mi marido y en mi hijo. Cuando me quedé sola en mi cuarto, quise reflexionar sobre mi situación, pero tuve miedo de permanecer allí, sola. No me acabé el té que me trajeron y, sin saber para qué, con una prisa delirante me puse a prepararlo todo para tomar el tren nocturno a Heidelberg e ir al encuentro de mi marido.

En el momento en que mi sirvienta y yo nos sentamos en el vagón vacío, la locomotora se puso en marcha y un aire fresco me llegó desde la ventana, comencé a recuperar el sentido y a ver con un poco más de claridad mi pasado y mi futuro. Toda mi vida conyugal desde que nos habíamos mudado a Petersburgo se me apareció de pronto iluminada por una luz distinta, y el reproche anidó en mi conciencia. Por primera vez recordé vivamente el tiempo que habíamos pasado en la aldea, nuestros planes, y por primera vez me vino a la mente una pregunta: ¿cuáles han sido sus alegrías durante este tiempo? Y me sentí culpable frente a él. «Pero ¿por qué no me detuvo, por qué obró con hipocresía, por qué evitó las aclaraciones, por qué me ofendió? —me preguntaba—. ¿Por qué no utilizó la autoridad de su amor conmigo? ¿O no me quería?». Pero por más culpable que él fuera, yo llevaba aquí, en la mejilla, el beso de un hombre ajeno, y lo sentía. Cuanto más me acercaba a Heidelberg, más nítidamente me imaginaba a mi marido y más miedo me daba el encuentro inminente con él. «Se lo diré todo, todo; lo lloraré todo frente a él con lágrimas de arrepentimiento —pensaba—, y él me perdonará». Pero yo misma no sabía qué era ese «todo» que le diría, ni creía que fuese a perdonarme.

Sin embargo, en cuanto entré en la alcoba de mi marido y vi su expresión tranquila, aunque sorprendida, sentí que no tenía para qué contarle nada, que no tenía nada que confesar ni nada por qué pedir perdón. Mi pena no confesada y mi arrepentimiento no debían salir de mí.

—¿Qué haces aquí? —dijo—. Pensaba ir a verte mañana.

Pero cuando vio de cerca mi rostro, pareció asustarse.

—¿Qué te ocurre? ¿Qué pasa? —preguntó.

—Nada —respondí, conteniendo las lágrimas con dificultad—. He vuelto para siempre. Vayámonos a casa, a Rusia, mañana mismo, si es posible.

Guardó silencio un buen rato y me observó con atención.

—A ver, cuéntame, ¿qué te ha ocurrido? —dijo.

Me ruboricé involuntariamente y bajé la vista. En sus ojos brilló un sentimiento de humillación e ira. Yo me asusté de las ideas que pudieran ocurrírsele y con la fuerza de un disimulo que yo misma no esperaba tener, dije:

—No ha ocurrido nada, sólo que me aburría y me sentía triste estando sola, y he pensado mucho en nuestra vida y en ti. ¡Hace tanto tiempo que soy culpable frente a ti! ¿Por qué vas conmigo a donde no quieres ir? Sí, hace mucho que soy culpable frente a ti —repetí, y de nuevo las lágrimas afloraron a mis ojos—. Vayámonos a la aldea, para siempre.

—¡Ah, querida!, déjate de escenas sensibleras —dijo con frialdad—. Me parece magnífico que quieras ir a la aldea, porque tenemos poco dinero; pero que sea para siempre, es un sueño. Sé que no te acostumbrarás. Bébete un té, te sentirás mejor —concluyó mientras se levantaba para llamar al criado.

Imaginé todo lo que podía pensar de mí, y me ofendían las ideas terribles que yo le adjudicaba cuando me encontraba con su mirada, poco segura y como vejada, fija en mí. ¡No! ¡No quiere y no puede entenderme! Dije que iba a ver al niño y abandoné la habitación. Tenía ganas de estar sola y de llorar, llorar, llorar…

IX

La casa de Nikólskoe, tanto tiempo vacía y sin caldear, revivió; no así lo que había vivido en ella. Ya no estaba mamá, estábamos los dos solos, uno frente al otro. Pero ahora no sólo no nos hacía falta la soledad, sino que nos incomodaba. El invierno fue todavía peor para mí porque estuve enferma y me restablecí sólo después del nacimiento de mi segundo hijo. Las relaciones con mi marido siguieron siendo amistosamente distantes, como durante el tiempo que habíamos pasado en la ciudad, pero en la aldea cada tabla del entarimado, cada pared, cada diván me recordaban lo que él era para mí y lo que había perdido. Como si hubiera una ofensa no perdonada entre los dos, como si me castigara por algo y aparentara no darse cuenta. No tenía por qué pedirle perdón, no tenía de qué pedirle el indulto: me castigaba no entregándose a mí, no entregándome su alma, como antes; pero, por otro lado, no la entregaba a nadie ni a nada, era como si no tuviese alma. A veces imaginaba que sólo fingía ser así para martirizarme, pero que en él seguía vivo el sentimiento de antes, y yo procuraba que lo dejase aflorar. Pero él se esforzaba por evitar las conversaciones abiertas, parecía creerme sospechosa de hipocresía y temía, como algo ridículo, cualquier sensiblería. Su mirada y el tono de su voz decían: «Lo sé todo, lo sé todo, no hace falta que hablemos; todo, aun eso que quieres decirme, también lo sé. Sé que me dirás una cosa y harás otra». Al principio me ofendía ese temor frente a la sinceridad, pero luego me hice a la idea de que no se trataba de falta de sinceridad, sino de la no necesidad de sinceridad. Ahora me sentía incapaz de decirle de pronto que lo amaba, o de pedirle que dijéramos juntos nuestras oraciones, o de llamarlo para que me oyera tocar el piano. Entre nosotros ya se percibían las conocidas convenciones del decoro. Vivíamos por separado: él con sus ocupaciones, en las que yo no tenía para qué participar, y ahora tampoco quería, y yo con mi ocio, que ahora no lo ofendía ni lo apesadumbraba como antes. Los niños eran todavía demasiado pequeños y no podían ser un punto de unión.

Pero llegó la primavera. Katia y Sonia vinieron a pasar el verano a la aldea; en nuestra casa de Nikólskoe comenzaron a hacerse reformas y nos mudamos a Pokróvskoe. La casa de Pokróvskoe seguía siendo la misma, con su terraza, su mesa extensible, sus pianos en la luminosa sala y mi antiguo dormitorio con cortinas blancas, donde parecían haberse quedado olvidados mis sueños de adolescente. En esa pequeña habitación había dos camas: en una, la que había sido mía, por las noches bendecía a mi despatarrado y regordete Kokosha, y en la otra, más pequeña, veía asomar la carita de Vania envuelto en sus pañales. Una vez que les había dado la bendición, me colocaba en el centro de aquel cuarto tranquilo y, de pronto, de todos los rincones, las paredes, las cortinas, comenzaban a surgir mis viejas y olvidadas fantasías juveniles. Viejas voces femeninas se ponían a cantar. ¿Dónde están hoy esas fantasías? ¿Dónde esos cantos dulces y agradables? Se ha cumplido todo aquello en lo que casi ni me atrevía a soñar. Mis sueños indefinidos, fusionados en uno solo, se han hecho realidad; y esa realidad se ha convertido en una vida pesada, difícil y carente de alegrías. No obstante, todo sigue igual: a través de la ventana se ve el mismo jardín, la misma placita, el mismo sendero, el mismo banco sigue estando allá lejos junto al barranco; desde el estanque aún llegan los cantos de los ruiseñores, las mismas lilas florecen en todo su esplendor, y la misma luna brilla sobre la casa; ¡y, sin embargo, todo ha cambiado de una manera tan terrible, tan inconcebible! ¡Todo lo que podía haber sido entrañable y querido es tan frío! Como antaño, Katia y yo, en la sala, conversamos apaciblemente y hablamos de él. Pero Katia se ha arrugado, su tez ha adquirido un tono amarillento, sus ojos ya no brillan con alegría y esperanza, sino que expresan una tristeza piadosa y conmiseración. Ya no nos extasiamos con él como antaño, ahora lo juzgamos; ya no nos sorprendemos de para qué y por qué somos tan felices, ni queremos, como antaño, decirle al mundo entero lo que pensamos; nosotras, cual conspiradoras, susurramos la una con la otra y por centésima vez nos preguntamos, la una a la otra, por qué todo se volvió tan triste. Él también sigue siendo el mismo, sólo la arruga que tiene entre las cejas se ha hecho más profunda y tiene más canas en las sienes; pero ahora su mirada atenta y profunda está constantemente velada por nubarrones. Y yo también sigo siendo la misma, pero en mí ya no hay amor, ni deseo de amor. No siento necesidad de trabajar ni me encuentro a gusto conmigo. Y mi éxtasis religioso de entonces, el amor que sentía por él y la plenitud de la vida de entonces me parecen tan lejanos e imposibles… Ahora no sería capaz de entender eso que antes me parecía tan claro y tan justo: la felicidad de vivir para el otro. ¿Qué sentido tiene vivir para el otro cuando no se tienen ganas de vivir para uno mismo?

Desde que nos trasladamos a Petersburgo había abandonado definitivamente la música; pero ahora el viejo piano y las viejas partituras volvían a despertar en mí el gusto por ella.

Un día no me sentía muy bien, me quedé sola en casa; Katia y Sonia se fueron con él a Nikólskoe a ver cómo iba la reconstrucción de la casa. La mesa para el té ya estaba puesta, bajé, y mientras los esperaba, me senté al piano. Abrí la sonata Quasi una fantasia y me puse a tocarla. No se veía ni se oía a nadie, las ventanas que daban al jardín estaban abiertas, y unos sonidos familiares y tristemente solemnes sonaron en la habitación. Cuando terminé la primera parte, sin pensarlo, movida por un antiguo hábito, volví la cabeza hacia el rincón donde él solía sentarse a escucharme. Pero no estaba. El sillón, que hacía mucho tiempo nadie había tocado, seguía ahí, en su lugar, y una ramita de lilas con una luminosa puesta de sol de fondo asomaba a través de la ventana abierta por donde entraba la frescura de la tarde. Apoyé los codos en el piano, me tapé la cara y me quedé pensando. Así estuve mucho tiempo, recordando dolorosamente lo viejo, lo que nunca volvería, e imaginando tímidamente lo nuevo. Pero era como si delante de mí ya no hubiese nada, como si no tuviese ganas de nada ni esperase nada. «¡Se habrá acabado mi vida!», pensé, levantando con terror la cabeza y, para olvidar y no pensar, me puse de nuevo al piano y de nuevo toqué el andante. «¡Dios mío! —pensé—, perdóname si soy culpable, o devuélveme todo lo que de hermoso había en mi alma, o enséñame lo que debo hacer, cómo puedo vivir ahora». El traqueteo de las ruedas se oyó sobre la hierba y frente a la escalinata, y en la terraza sonaron unos familiares pasos cautelosos que pronto dejaron de oírse. Pero el sonido de esos pasos familiares ya no provocó en mí el sentimiento que antes provocaba. Cuando terminé de tocar, oí los pasos detrás de mí, y una mano se posó sobre mi hombro.

—¡Qué buena idea la de tocar esta sonata! —dijo.

Yo guardaba silencio.

—¿Ya has tomado el té?

Negué con la cabeza y no lo miré, para no descubrir las huellas que la inquietud había dejado en mi rostro.

—Vendrán enseguida; el caballo se puso caprichoso y decidieron volver a pie desde el camino ancho —dijo.

—Las esperaremos —dije, y salí a la terraza, con la esperanza de que me siguiera: pero él preguntó por los niños y fue a verlos. De nuevo su presencia, su voz sencilla, buena, me hizo cambiar de idea y pensar que no todo estaba perdido. ¿Qué más puedo desear? Es bueno, es dulce, es un buen marido, un buen padre, ni siquiera sé qué me falta. Salí al balcón y me senté bajo el toldo de la terraza, en ese mismo banco en el que había estado sentada el día de nuestra declaración. El sol ya se había puesto, la noche estaba a punto de caer y una nubecilla espesa y primaveral se hallaba suspendida sobre la casa y el jardín. Sólo detrás de los árboles se entreveía un jirón de cielo limpio con el crepúsculo que se apagaba y un lucerito vespertino que acababa de aparecer. La sombra de la ligera nubecilla se extendía sobre todo, y todo estaba a la espera de una apacible llovizna primaveral. El viento se había detenido, no se movía ni una sola hoja, ni una brizna siquiera. El olor de las lilas y de las cerisuelas se sentía tan fuerte en el jardín y en la terraza que parecía que el aire estuviese florido; por momentos se intensificaba, por momentos disminuía, de modo que lo que apetecía era cerrar los ojos y no ver nada ni sentir nada que no fuese ese olor dulzón. Las dalias y los rosales, todavía sin flores, estirados e inmóviles en su negro arriate, parecían crecer lentamente hacia arriba sobre sus blancos soportes cepillados; las ranas, como justo antes de la lluvia que las empuja al agua, croaban con todas sus fuerzas amistosa y penetrantemente desde el barranco. Un sonido agudo y constante de agua se oía siempre sobre ese clamor. Los ruiseñores se llamaban entre sí alternativamente y se podía oír con cuánta inquietud volaban de un lugar a otro. De nuevo esta primavera, un ruiseñor quiso instalarse en el arbusto que está bajo la ventana, y cuando salí, oí cómo se iba más allá del paseo de árboles y desde ahí cantó una vez más para luego callar y quedar a la espera.

En vano trataba de tranquilizarme; esperaba y lamentaba algo.

Él volvió de la planta alta y se sentó a mi lado.

—Parece que les va a caer el aguacero —dijo.

—Sí —respondí, y ambos guardamos un largo silencio.

Pero la nube sin viento estaba cada vez más baja; todo se hacía más silencioso, más aromático e inmóvil, cuando de pronto una gota pareció saltar en el alero de lona de la terraza, otra se estrelló contra las piedrecitas del camino. Por la bardana tamborileó y salpicó una llovizna fuerte, fresca, cada vez más intensa. Los ruiseñores y las ranas guardaron silencio; sólo el agudo sonido del agua, aunque daba la impresión de haberse alejado debido a la lluvia, seguía estando en el aire y un pájaro que al parecer se había agazapado entre unas hojas secas cerca de la terraza emitía sus dos monótonas notas. Él se levantó y quiso irse.

—¿Adónde vas? —le pregunté, reteniéndolo—. Aquí se está tan bien…

—Hay que enviarles un paraguas y unos chanclos —respondió.

—No hace falta, pasará enseguida.

Él estuvo de acuerdo conmigo y nos quedamos juntos al lado del barandal de la terraza. Yo apoyé la mano sobre el resbaladizo y mojado travesaño y eché la cabeza para atrás. Una llovizna fresca me salpicó de manera irregular los cabellos y el cuello. La nubecilla, cada vez más clara y menos espesa, se derramaba sobre nosotros; el ruido regular de la lluvia pasó a ser el de unas cuantas gotas que caían del cielo y de las hojas. Volvieron a croar las ranas, de nuevo se animaron los ruiseñores, y desde los matorrales mojados comenzaron a llamarse aquí y allá. Todo se aclaró frente a nosotros.

—¡Qué bien! —dijo, sentándose en el barandal y pasando su mano sobre mis cabellos mojados.

Esta sencilla caricia, como un reproche, hizo que me dieran ganas de llorar.

—¿Qué más puede necesitar un hombre? —dijo—. ¡Estoy tan contento que no necesito nada, soy absolutamente feliz!

«No era eso lo que decías hace tiempo sobre tu felicidad —pensé—. No importa lo grande que fuese, siempre decías que querías algo más. Y ahora estás tranquilo y contento, ahora que yo tengo en el alma una especie de arrepentimiento no expresado y unas lágrimas no lloradas».

—Yo también me siento bien —dije—, y si estoy triste es precisamente por toda esta armonía que hay frente a mí. En mí todo es incoherente, incompleto, siempre quiero algo; en cambio, aquí todo es tan maravilloso, tan apacible… ¿Acaso a ti no te embarga una cierta nostalgia de disfrutar de la naturaleza, como si quisieras algo imposible y lamentaras algo pasado?

Él retiró su mano de mis cabellos y se quedó pensativo un momento.

—Sí, antes solía ocurrirme, sobre todo en primavera —dijo, como evocando—. Y yo también pasaba algunas noches deseando y esperando, ¡muchas noches!... Pero entonces todo estaba por venir, y ahora todo ha quedado atrás; ahora me basta con lo que tengo, estoy bien —concluyó con una seguridad tan indiferente que, por más doloroso que fuera para mí oír aquello, creí que estaba diciendo la verdad.

—¿Y no quieres nada? —pregunté.

—Nada imposible —respondió, adivinando lo que yo sentía—. Tú te mojas la cabeza —añadió acariciándome como si fuese una niña y pasando una vez más su mano por mis cabellos—, y envidias a las hojas y a la hierba porque las moja la lluvia. Te gustaría ser la hierba y las hojas, y también la lluvia. Yo sólo me alegro de que existan, como me alegro de todo lo que en este mundo tiene belleza, juventud y felicidad.

—¿Y no lamentas nada del pasado? —continué preguntando, sintiendo que cada vez era más y más la aflicción en mi corazón.

Se quedó pensativo y de nuevo guardó silencio. Vi que deseaba responder con toda sinceridad.

—¡No! —dijo brevemente.

—¡No es cierto! ¡No es cierto! —empecé a decir, volviéndome hacia él y mirándolo a los ojos—. ¿No lamentas nada del pasado?

—¡No! —repitió—, estoy agradecido por él, no lo lamento.

—Pero ¿no te gustaría recuperarlo? —dije.

Me dio la espalda y se puso a mirar el jardín.

—No me gustaría, como no me gustaría que me salieran alas —dijo—. ¡Es imposible!

—¿Y no enmiendas el pasado? ¿No te haces ningún reproche ni me lo haces?

—¡Jamás! Todo ha sido para bien.

—¡Escúchame! —dije rozando su mano para que se volviera a verme—. Escúchame. ¿Por qué nunca me dijiste que querías que yo viviera justamente como tú querías? ¿Por qué me diste una libertad que no supe utilizar? ¿Por qué dejaste de enseñarme? Si hubieses querido, si me hubieses conducido de otra manera, nada, nada habría sucedido —dije con una voz en la que cada vez se oía más intenso el reproche y el frío enojo en vez del amor de antes.

—¿No habría sucedido qué? —dijo sorprendido, volviéndose hacia mí—. No ha sucedido nada. Todo está bien. Muy bien —añadió sonriendo.

«¿Será posible que no entienda o, peor aún, que no quiera entender?», pensé, y las lágrimas afloraron a mis ojos.

—No habría sucedido que, sin ser frente a ti culpable de nada, me vea ahora castigada con tu indiferencia, con tu desprecio incluso —dije de pronto —. No habría sucedido que sin tener yo culpa alguna de pronto me quites todo lo que para mí era querido.

—¡Pero qué dices, alma mía! —dijo, como si aún no entendiera lo que estaba yo diciendo.

—No, déjame terminar… Me quitaste tu confianza, tu amor, incluso tu respeto; porque no puedo creer que ahora, después de lo que hemos vivido, me ames. No, tengo que soltar todo lo que desde hace tanto me atormenta —de nuevo lo interrumpí—. ¿Acaso era culpable de no saber qué era la vida?, y tú me dejaste sola para que lo averiguara… ¿Acaso soy culpable de que ahora, cuando he entendido lo que hace falta, cuando desde hace casi un año hago todo lo posible por volver a ti, tú me apartes como si no entendieras lo que quiero? ¡Y todo sucede de modo que a ti no se te puede acusar de nada y yo soy culpable e infeliz! Sí, de nuevo quieres arrojarme a esa vida que podía haber hecho tanto tu infelicidad como la mía.

—¿Y cómo te he mostrado eso? —preguntó francamente asustado y sorprendido.

—¿No eras tú quién todavía ayer decía, y sigues diciéndolo una y otra vez, todo lo que no veré aquí y que de nuevo tendremos que ir a pasar el invierno a Petersburgo, que tanto detesto? —continué—. En lugar de apoyarme, rehúyes cada momento de sinceridad, cada palabra franca, tierna, conmigo. Y cuando finalmente haya yo caído hasta el fondo, me harás reproches y te alegrarás de mi caída.

—Un momento, un momento —dijo, severo y frío—. No está bien eso que dices. Lo único que demuestra es que estás predispuesta contra mí, que no…

—¿Que no te amo? ¡Dilo! ¡Dilo! —terminé la frase y las lágrimas se derramaron de mis ojos. Me senté en el banco y me cubrí la cara con un pañuelo.

«¡Así es como me ha entendido! —pensaba yo, intentando contener los sollozos que me ahogaban—. Está acabado, el amor que nos teníamos está acabado», me decía una voz en mi corazón.

Él no se acercó, no me consoló. Estaba ofendido por lo que acababa yo de decir. Su voz era tranquila y seca.

—No sé de qué me acusas —comenzó—, si es de que ya no te amo como antes…

—¡Ya no te amo! —dije yo con el pañuelo sobre la boca, y unas lágrimas amargas cayeron en él más abundantes todavía.

—De eso es culpable el tiempo y nosotros mismos. Cada época tiene su amor… —Guardó silencio—. ¿Quieres que te diga toda la verdad? Sea, puesto que pides sinceridad. De la misma manera que aquel año, cuando acababa de conocerte, pasaba noches enteras en vela pensando en ti, y yo mismo cultivé ese amor, y ese amor no hacía más que crecer en mi corazón, de esa misma manera en Petersburgo y en el extranjero pasé noches terribles en vela rompiendo, destruyendo ese amor que me atormentaba. Al amor no logré destruirlo, pero destruí lo que me atormentaba y me tranquilicé, y sigo amándote, pero con un amor distinto.

—Sí, tú llamas a eso amor, pero es una tortura —dije—. ¿Por qué me permitías hacer vida social si te parecía algo tan dañino que por eso dejaste de amarme?

—No fue la vida social, querida —dijo.

—¿Por qué no utilizaste tu autoridad? —continué—, ¿por qué no me ataste?, ¿por qué no me mataste? Para mí habría sido mejor que verme ahora privada de todo lo que constituía mi felicidad; estaría yo bien, no estaría avergonzada.

Y de nuevo me eché a llorar y me cubrí la cara.

En ese momento, Katia y Sonia, alegres y empapadas, riendo y hablando en voz muy alta entraron en la terraza; pero, al vernos, guardaron silencio y se retiraron enseguida.

Estuvimos callados mucho tiempo después de que ellas se hubieron ido; yo lloré todas mis lágrimas y me sentí mejor. Lo miré. Estaba sentado con la cabeza apoyada en una mano y quería decir algo en respuesta a mi mirada, pero sólo suspiró penosamente y volvió a apoyar la cabeza en la mano.

Me acerqué a él y tomé su mano. Su mirada se dirigió pensativa a mí.

—Sí —dijo, como continuando sus pensamientos—. Todos nosotros, especialmente vosotras, las mujeres, tenemos que vivir las tonterías de la vida para luego volver a la vida misma; no podemos creer lo que se nos dice. Entonces tú todavía no habías vivido hasta el final esas tonterías simpáticas y embriagadoras, en las que me deleitaba viéndote; y te dejé vivirlas, sentía que no tenía derecho a coartarte, aunque para mí hacía mucho que había pasado el momento.

—¿Por qué, si me amas, viviste conmigo esas tonterías y me permitiste vivirlas? —pregunté.

—Porque aunque hubieses querido, no habrías podido creerme; tenías que descubrirlo por ti misma, y lo has descubierto.

—Mucho razonamiento, mucho —dije—, pero poco amor.

De nuevo guardamos silencio.

—Es cruel lo que acabas de decir, pero es cierto —dijo, y de pronto se levantó y se puso a caminar por la terraza—. Sí, es cierto. ¡Me equivoqué! —añadió, deteniéndose justo frente a mí—. O no debí haberme permitido amarte, o debí haberte amado de forma más sencilla, sí.

—Olvidémoslo todo —aventuré tímidamente.

—No, lo que ha pasado no volverá, es imposible hacerlo volver —y su voz se suavizó al decir esto.

—Todo ha vuelto —dije yo, apoyando mi mano en su hombro.

Él tomó mi mano y la apretó.

—No, no es verdad que no lamente el pasado; lo lamento, lloro por ese amor que se fue, que ya no existe ni volverá a existir. ¿Quién tiene la culpa? No lo sé. Ha quedado amor, pero no aquel; ha quedado su lugar, pero él ha estado muy enfermo, no tiene fuerza ni vitalidad, han quedado recuerdos y gratitud, pero…

—No hables así… —lo interrumpí—. Que todo vuelva a ser como antes… ¿Verdad que es posible? ¿Verdad que sí? —pregunté mirándolo a los ojos. Pero sus ojos eran claros, tranquilos y no miraban a los míos con profundidad.

Mientras yo hablaba, iba sintiendo que aquello que yo quería, aquello que yo pedía era imposible. Esbozó una sonrisa serena, dulce, según me pareció, de hombre viejo.

—Qué joven eres tú y qué viejo soy yo —dijo—. En mí ya no hay lo que buscas; ¿para qué engañarnos? —añadió, sin dejar de sonreír de aquella manera.

Yo estaba junto a él en silencio, y me sentía un poco más tranquila.

—No vamos a intentar repetir lo vivido —continuó—, ni vamos a engañarnos. ¡Qué bien que no existan las inquietudes y las ansiedades de antaño! No tenemos nada que buscar ni por qué inquietarnos. Ya lo hemos encontrado y nos ha tocado una buena parte de felicidad. Ahora lo nuestro es borrarnos y despejar el camino, mira para quién —dijo, señalando a la nodriza que había llegado con Vania y se había detenido en la puerta de la terraza—. Así es, querida —concluyó, atrayendo mi cabeza hacia él y besándola. No me besaba un amante, sino un viejo amigo.

Y desde el jardín cada vez se levantaba más fuerte y más dulce la aromática frescura de la noche, cada vez se hacían más solemnes los sonidos y el silencio, y en el cielo se encendían cada vez más estrellas. Lo miré, y de pronto me sentí aliviada; como si me hubiesen amputado ese nervio emocional enfermo que tanto me había hecho sufrir. De pronto entendí clara y tranquilamente que el sentimiento de aquella época había pasado de manera irreversible, como el tiempo mismo, y que hacerlo volver no sólo era imposible, sino que provocaría opresión y malestar. Y, por otro lado, ¿de verdad había sido tan buena aquella época que a mí me parecía tan feliz? ¡Había pasado tanto tiempo, tanto!

—¡Pero es hora de tomar el té! —dijo, y juntos nos dirigimos al comedor. En la puerta volví a encontrarme con la nodriza que llevaba a Vania. Tomé al niño en brazos, le cubrí las rojas piernitas que se habían destapado, lo apreté contra mí y, rozándolo apenas con los labios, lo besé. Como en medio de un sueño movió una manita extendiendo sus deditos arrugados y abrió sus ojitos empañados, como buscando o recordando algo; de pronto esos ojitos se detuvieron en mí; una chispa de pensamiento brilló en ellos. Los labios regordetes y dilatados comenzaron a abrirse esbozando una sonrisa. «¡Es mío, mío, mío!», pensé, y con una tensión muy grata en todos mis miembros lo apreté contra mi pecho, conteniéndome con dificultad para no hacerle daño. Y besé sus piernitas frías, su barriguita, sus manitas y su cabecita apenas cubierta de pelo. Mi marido se acercó a mí; yo cubrí la carita del niño y luego la descubrí de nuevo.

—¡Iván Serguéich! —dijo mi marido, pasando un dedo por la barbilla del bebé. Pero yo cubrí de nuevo a Iván Serguéich. Nadie que no fuese yo debía verlo. Miré a mi marido, sus ojos rieron cuando se toparon con los míos, y, por primera vez después de mucho tiempo, fue para mí fácil y gozoso mirarlos.

A partir de ese día el idilio con mi marido terminó. El sentimiento de antaño se convirtió en un recuerdo querido e irrevocable, y el nuevo sentimiento de amor por mis hijos y por el padre de mis hijos sentó el comienzo de otra vida, feliz de manera absolutamente distinta, una vida que aún no he terminado de vivir en este momento...